邪臨

澤村伊智

目錄

CONTENTS

插畫／綿貫芳子

第一章 來訪者

一

「這樣真、真的——就沒問題了嗎？」

我一腳踩滑地板差點跌倒，連忙站穩腳步。氣喘吁吁地說不出話，流汗手滑，手機差點滑落，我急忙用雙手按住，質問電話另一頭的她：

「——我太太還有女、女兒呢？」

『放心。』

她發出嘹亮沉著的嗓音回答。

『您的家人沒事。重點在於，您是否已做好心理準備。』

我匆忙探出身子，望向走廊盡頭玄關那扇夾在白色牆面與天花板當中的暗褐色家門。儘管沒有開燈，視線昏暗，腦海卻記得那扇門的顏色。

沒有任何異常。

我看著金屬、樹脂與玻璃構成的厚門板，拚命地灌輸自己這樣的想法。

『最好不要一直盯著看。』

她突然這麼說，害我像是演技蹩腳地抽搐了一下。

「不、不過，到底什麼時候——」

『馬上就要來了。「咒術」都準備好了嗎？』

我在腦海裡回想她剛才透過手機下達的指示。

窗戶和陽臺已上鎖，窗簾也全部拉起。

廚房所有的菜刀都用布包起綁好，藏到壁櫥深處。

家裡的鏡子也用裹住毛巾的鐵槌全部敲碎。

客廳的地板上擺放所有的碗，並裝滿水各撒上一撮鹽。

還有……還有……

「玄關『不用上鎖』，對吧……？」

我為求謹慎，再次詢問確認。

『沒錯。』

她自始至終，以一貫冷靜的口吻回答。

「可是……『祂』……」

我表示抗拒。

「祂不是想要進來這個家嗎……？」

『是啊，田原先生。祂從好幾十年前就一直想見您了。所以才要「邀請」祂進來。』

「那、那麼……」

『別擔心。』

她溫和地打斷我的話，說道：

『接下來就輪到我上陣了。』

聽見她沉穩又帶有威嚴的語調，我感到有些安心，並且回憶起往事。

二

那件事發生在昭和時代邁入尾聲，我小學六年級暑假的某個午後。

當時我住在京都的新城區，一個人去位於大阪老街區的外公外婆家看漫畫。至於是看什麼漫畫，我已經不記得了。更別說為何沒有父母陪同，只有我獨自進入外公外婆家了。

不過，當時年約七十歲的外婆端出許多茶點，我吃得很飽，之後便躺在平房裡的榻榻米起居室中埋頭看漫畫。

那間平房即使是恭維也難以說是寬敞，老實說，甚至可說是「貧寒」。

不僅發出老舊電風扇的聲音還有榻榻米、土牆和衣櫃防蟲劑的味道。

外婆招待我茶點後，說她要去附近參加聚會便出門了，平房裡只剩下我和當時八十幾歲的外公兩個人。

我沒有跟外公說話。不對，應該說是雞同鴨講比較正確吧。

幾年前外公因為腦溢血之類的原因臥病不起，同時也得了老年痴呆。病情瞬間加劇，當時的外公只能反覆說些囈語般的單字，精神狀態跟幼兒沒兩樣。

外婆似乎對照顧外公一事不以為苦，盂蘭節和歲末，我們一家人去外公外婆家問候時，外婆在與父母和我團聚的空檔，歡歡喜喜地跟外公說話，一邊俐落地處理他的大小便和餵他吃飯。外公總是露出令人難以捉摸的神情，翕動著嘴，以孩子般的目光望著外婆。

外公當天仰躺在照護用床上，蓋著白色的棉被。床鋪占據了狹窄起居室的一半，當時個子急速抽高的我，有時會用腳尖勾住或是把腳靠在床鋪邊緣，埋頭看漫畫，謳歌夏日午後。

「媽媽。媽媽。」

外公發出嘶啞的聲音重複說道。

我最先解讀成他是在叫外婆，但實際上是如何就不得而知了。

「媽媽。媽媽。」

「她不在。」

我低著頭回答。外公安靜了一會兒，經過幾分鐘後又再次喊道：

「媽媽。媽媽。」

「她說要去平井家。」

「……媽媽。」

「應該馬上就會回來了唄。」

我和外公說著難以稱得上是交談的對話，抓起直接放在榻榻米上的點心放入口中，將看完的漫畫隨手一扔，又看起別本漫畫，就這麼重複這些動作。

「叮咚」，門鈴響起。

我抬起頭，望向廚房餐桌的另一端，僅僅約三公尺外的玄關。

玄關的大門是表面凹凸不平的玻璃格子門，門外只能看見一道矮小模糊的深灰色影子。

當時還是小孩的我猶豫是否要應門。外婆不在，外公又跟嬰兒沒兩樣，我對這個家也一無所知，乾脆假裝沒人在好了。

當我僵硬著身體如此思忖時，傳來一道聲音。

『打擾府上了。』

我在那時才第一次親耳聽見，這句只在連續劇和漫畫中出現的拜訪用詞。

是中年或是年紀更大的女性聲音。訪客似乎是女性。

我決定站起來。

光腳踩著榻榻米穿過起居室，穿過鋪著木質地板的餐廚區域，來到玄關前狹小的換鞋處。

『有人在家嗎？』

「來了。」

由於對方再次出聲，我輕聲如此回答後，卻立刻「呃……」不知道該說些什麼，當我正想問她是哪位時，訪客如此說道：

『志津在嗎？』

志津是外婆的名字。

「她出門了。」

我隔著門如此回答。當時尚未變聲完畢的我，在腦海裡盤算著幼稚的計畫，心想這下子對方就會以為只有小孫子留下來看家，摸摸鼻子打道回府了吧。我打著這樣的主意，盡量說話簡短，甚至調整聲調，使聲音聽起來更年幼。懶得開門應對。

玻璃門外的訪客沒有任何反應，只是呆站著。

我受不了沉默，打算走下光是擺著外婆和我的鞋子就已無處可站的換鞋處時，對方又發出聲音：

『久德在家嗎？』

久德——是外婆的長男，媽媽的哥哥的名字。等於是我的大舅。

不過，他在高中畢業後不久就出車禍過世了。離當時已經是四十年前的事了——久到我根本還沒有出生。擺放在起居室佛龕的大舅遺照，穿著立領衣服，露齒而笑，看起來是個爽朗活潑的青年。懷裡抱了一個剪著娃娃頭的少女。好像是媽媽。

為什麼訪客會不知道大舅老早就已經過世了呢？

就算大舅還在世，她找上門來究竟又有何貴幹？

我心生懷疑，死盯著玻璃門。

灰色人影依然佇立不動。

凹凸不平的玻璃導致人影的細節扁塌、輪廓扭曲、表面擴散、擰轉，形成一團灰色。

我突然打了個寒顫，全身一陣發冷。

因為我不禁想像打開門後，會不會看見的仍是歪七扭八的一團灰色扭來扭去地站立在眼前。

當然，那只不過是我在胡思亂想。即使當時年幼，還是明白這個道理。無非是感到害怕而已。少自己嚇自己了。內心也有如此冷靜分析的一面。

「不在。」

我勉強擠出回答。過了一會兒，她又再次出聲：

『銀二、銀二、銀二在嗎？他是否在家？』

銀二是外公的名字。不過為什麼重複三次？聽起來不像是說錯啊。

當我不知該如何回答時，訪客輕輕晃動身體，

『咭——咭嘎吱哩。』

如此說道。

我確實是聽到她這麼說。拼湊不出意思的四個字，是哪裡的方言嗎？不過音調卻十分平板，感覺只是發出幾個音而已。

而且似乎很難說出口的樣子，簡直就像是隔了很久才再次說出好幾十年來都不曾吐出的話語。

灰色突然擴大。她前進一步，靠近大門。透過玻璃能看見她的膚色。灰色是她穿的衣服，頭髮是黑色的，只是完全看不清她的五官。

『咭嘎吱哩。銀二。咭嘎吱哩。銀二。』

一字一字慢慢地吐出，看得見她的嘴角正一張一合地動著。她用我不知道的話語，對外公訴說些什麼。不過，我在此時才終於察覺到事態詭異。

這不是正常的拜訪。不管對方有什麼事，都沒有採取拜訪別人家時的一般程序。就連我這個價值觀淺薄的孩童，也看得出這一點。

並且也依照邏輯推測出這代表了什麼含意。

這名訪客恐怕不是正常人。

也就是說，我不能打開這扇門，也不能告訴她外公在家。

訪客不知不覺靠近門邊，幾乎就快要緊密貼合。兩隻手的掌心按在玻璃門上。與身高相比之下，她的手很大，手指很長。

可我已經不敢再將視線往上移，去看她的臉龐。

比先前還要響亮的聲音，震動了玻璃。

『銀二、銀二、銀二、久德、的、咕嘎……』

「滾回去！」

房裡突然發出咆哮聲，嚇得我「哇啊！」大叫，一屁股跌坐在地。

連忙回過頭，卻只看見床上外公的左手用力攥緊，血管都冒了出來。

那句話是外公吶喊的嗎？該不會是想要趕走客人吧？

我再次面向玄關，這次則是默默地吃了一驚。

原本位於玻璃門外的灰色人影已赫然消失，隱約可見夏日的陽光與盆栽的綠意透過玻璃。

不知恍神了多久，直到起居室傳來呼喚聲，我才回過神。

「秀樹。」

這次確確實實是外公的聲音。而且不是這幾年那種口齒不清的夢囈，而是口齒清晰的聲音。

我有多少年沒聽外公呼喚我的名字了。

我奔馳了三步左右衝到起居室後，外公躺在床上，眼神堅定地望著我，光是這樣我便緊張不已。

外公不知是否看穿了我的思緒，以冷靜低沉的嗓音問道：

「你剛才，沒有開門唄？」

我搖了搖頭回答：「沒有。」

外公癟起嘴加深了他臉上深刻的皺紋，微微點頭說：

「千萬不能開門……其實也不能應聲。雖然阿公剛才忍不住大罵。」

我提出理所當然的疑問：

「那是啥……？」

我發出變調的高亢聲音，感到十分難為情，但外公卻正經八百地沉默了片刻，

「現在還不能告訴你。」

輕聲回答。

可能是看我一臉不滿吧，外公舉起左手，指向玄關，

「那東西聽到了會跑回來哩——不可能那麼快走掉。」

說完後，嘆了一大口氣。

奇妙的是，我竟然完全不記得之後跟外公聊了些什麼。

只是，當外婆回家時，外公已經變回平常的狀態，一直叫著：「媽媽、媽媽。」外婆出聲回應，好聲好氣地打算幫他換衣服，突然停止手上的動作，

「哎呀，這是咋回事咧？渾身大汗哩。是覺得太熱了嗎？」

外婆連忙跑去拿毛巾。

三

在我升上國中三年級後不久，外公輕易地就這麼撒手人寰。據說是在外婆洗衣服時再次發生腦溢血，等外婆發現時，早已斷氣。

外公年輕時就失去了所有親人，晚年也鮮少與人來往。所以葬禮只有鄰居和外婆那邊的親戚加起來不到十人，以及兩名父親公司的相關人員參加，非常地冷清。現在我也沒有希望葬禮要辦得風風光光來弔唁外公，只是偶爾考慮到自己老死的事情時，腦海裡總會想起外公那寂寥的葬禮。

但更加頻繁想起的，則是在守靈夜上發生的事。

葬禮會場最狹小的房間中，擺放著外公裝飾簡樸的靈柩。

遺照是將近期隨手一拍的照片的大頭部分裁剪下來，與和服一起合成的照片。

穿著喪服的外婆與母親喝著茶杯裝的煎茶，談論和外公的往事。父親幾乎沒有參與話題，只是隨口附和個幾聲，反倒是母親十分健談。

而我只是穿著藏青色的西裝制服外套，一個勁兒地喝著難喝的煎茶。

「秀樹，你還記得『怨孤娘』嗎？」

外婆突然把話題轉到我身上，我立刻挖掘記憶，探求這個詞彙的意義。

怨孤娘——對了，在我還小的時候，一直不睡覺或是不聽父母的話時，外婆曾經狠狠罵了我一頓。當時就有提到這個詞。

「就是妳以前說過會來把我抓走的東西吧。」

「說得沒錯，你竟然還記得啊。」

「咱小時候也三不五時被這樣唸哩。」

母親開心地說道。明明數十分鐘前還眼眶紅通通的，之前更是與外婆一起哈哈大笑。即使到了中年，我依然難以理解女人為何能在這種場合切換情緒切換得那麼快。

「怨孤娘是啥？」

我率直地問道。小時候只大概理解那是「一種妖怪」。但這樣就足以嚇得我連忙躲進被窩了。

「是啥哩……應該是妖怪唄。」

外婆二話不說地回答，我聽完後只覺得錯愕。一問之下，才知道原來外婆小時候鬧脾氣不聽話時，曾外婆也這樣恐嚇過她。換句話說，是父母以詞彙來形容某種「令孩童感到害怕的概念」傳給小孩。但誰也不清楚那具體而言究竟是什麼東西。真要說的話，在探討「怨孤娘」是什麼之前，恐怕也鮮少有人能說明「妖怪」是何種存在吧。

「……然後啊，咱以前住的三重M地區——那一帶，流傳的都是怨孤娘。」

外婆繼續這個話題，母親也附和地說道：

「那阿爸那邊哩？是K地區——唄？」

我在守靈夜這天，才知道原來母親稱呼外公為「阿爸」。

外婆輕聲笑著回答：

「他說不知道，也沒聽說過哩。」

「這樣啊。」

在加入話題之前，我也適時地插了幾句話。

外婆用她皺巴巴的手玩弄著手帕，把手帕揉成一團，卻突然停頓動作，蹙起白眉說道。

「不過啊，以前有一次，他說『那裡存在著更可怕的東西』。」

「存在是啥意思？真要說的話，怨孤娘也根本不存在唄。」

母親直言不諱地說道。

「秀——不對，不是秀樹，是澄江妳。真是糟糕啊，最近老是記錯名字。是妳小時候發生的事。」

外婆呆笑了一下，面向母親：

「妳當時還小，老是哭個不停。咱嚇妳說怨孤娘會跑來抓妳，哄妳睡覺，好不容易緩口氣休息時，那個人卻一副事不關己在喝酒大笑。咱對他抱怨說人家辛辛苦苦在哄孩子睡覺，你這個人還真沒良心，結果他大罵咱囉嗦，朝咱扔小酒杯。咱氣得都哭出來了哩。」

這種行為現在稱作ＤＶ，聽說這件事的當時也已出現家庭暴力這個名詞，是會受到社會譴責的。然而外婆卻若無其事地繼續說下去：

「看到咱哭，那個人就說小孩哪會被怨孤娘這種東西給嚇得乖乖聽話，傻不傻啊。他家鄉有更可怕的東西存在。」

「哦，是喔。」

母親已經對這個話題失去興趣的樣子，但我卻自然而然地仔細聆聽外婆說的話。

「如果祂找上門，絕對不能回答，也不能讓祂進來。要是來到玄關，鎖起門別理會就好，但要是來到後門，可就危險了。所以啊，如果後門沒關就完蛋了，會被抓到山上。他還說真的有一堆人被抓走哩。」

「那是啥鬼啊。」

母親苦笑。光聽別人說這種話，的確沒什麼好大驚小怪的。甚至覺得在民間故事和妖怪辭典中也曾讀到類似的內容啊。可是，聽完外婆說的話後，我感覺自己體內深處不斷地顫抖。

母親吐出的那句話與其說是疑問，不如說是覺得傻眼的一種表現語氣，但外婆似乎解讀成前者。她凝視手帕片刻，用手指抵著太陽穴說道：

「——好像叫作『魄魕魔』。」

我感受到自己西裝外套下的襯衫內側，手臂的寒毛如浪潮般一根一根豎立起來。那一天，那個午後，找上外公外婆家的灰影。

那是外公家鄉所流傳的「魄魕魔」嗎？

從當時的恐懼與外婆所說的話來推斷，外公極有可能認為那天的訪客是魄魕魔。

不過，這世上根本不可能有那種妖怪存在。既然如此，那個訪客究竟是誰呢？

還有，那句奇妙的話語——

「真是奇怪。」

母親一副掃興地以這句話作結。

「那種傳說到處都有不是嗎？」

父親以一副隨便啦的態度，出聲附和。

「就是說啊。」

外婆笑答，然後凝視著遺照說：

「咱想應該是喝酒的關係唄，他那天非常多話。畢竟他那個人啊，平常幾乎不大跟家人聊天。倒是經常打電話給朋友就是了——」

她那被鬆弛的眼皮遮蓋住一半的眼眸泛著淚光。

聽見電話這個詞，母親似乎又想起與外公的回憶，喜孜孜地說起外公曾對著話筒怒罵對方的模糊印象。中途好幾次說到哽咽，甚至還流淚，但最後破涕而笑。

只有我一人被沿著背部流下的汗水，弄得打了幾次哆嗦。

因為葬禮會場禁止過夜，當天我究竟是搭父親的車回家，還是在外公外婆家住一晚，已經記不清了。

接下來有印象的，是葬禮過後的隔天早晨。我大汗淋漓地驚醒過來。因為夢見被灰色團塊追趕，嚇得從床上彈了起來。不過，夢裡本身並沒有出現那一團灰影，只是有那樣的認知。

夢裡的我，抬起不聽使喚的雙腳，在摻雜了外公外婆家附近、學校、只去過一次的神戶港等各種場所，四處奔逃。

四

自己已經連續三天夢見被戴著能面，身穿能裝束，手持長刀的人物追趕。

我的高中同學曾經提過這樣一件事。我覺得很可怕。不過，據說他因此對傳統藝能產生興趣，如今在京都開了一家能面工坊。

我並未忘記那天發生的事，卻也沒有因此激發出熱情。沒有什麼特別的期望，平凡地考上以自己的成績絕對榜上有名並且離家不遠的大學。大部分的時間都與社團朋友混在一起，要不然就是到處打打零工，談談小戀愛。幾乎沒有在讀書。

之後跟著朋友們應徵東京的企業，接受面試，拿到幾家公司的內定。最後在一家叫作「殿田製菓」的小公司裡的營業部工作。

工作內容是巡視東京各地的超市和零售店，透過實地調查與數值，掌握自家公司商品的銷售狀況與評價，並且推銷新商品。一開始先跟著主管去，等熟悉業務後便單槍匹馬上陣。做到駕輕就熟後，再帶領部下。於是方言的腔調漸漸消失，說起了標準語。

工作態度算是普普通通吧。隨著年齡增長，負責的工作規模與經手的金額越來越大，帶領的人員與肩負的責任也越來越多。工作內容絕對不無聊，反而有許多局面能獲得充實感與成就感，但確實會帶來壓力。用餐和喝酒的量增加，進入職場十年，體重多了十五公斤。

大學同學一個個步入婚姻，我倒是挺享受單身生活，但內心深處還是經常惦記著自己是獨子，必須照顧父母，以及身旁需要女性伴侶陪伴的事情。

在三十二歲的初春時分，我認識了二十九歲的香奈。她是我們公司的客戶「生活超市」板橋店的鐘點工領班。因為和她談工作時意氣相投，私下也開始相約碰面。

我基本上六日休息，再怎麼忙，星期日也能放假；但她就不同了，經常六日都要工作。有時我會因為時間湊不到一起而感到煩躁，但多虧她個性穩重又溫順，我們在交往第二年的冬天就訂婚，決定隔年結婚。

年底我帶香奈回鄉時，在老家的公寓看見了外婆。據說她在幾個月前搬離過去和外公同住的那間房子，跟我父母一起生活。

父母似乎對個性溫和的香奈抱有好感，當我在吃晚餐時告訴他們我們已經訂婚，以及今後的安排後，他們便面帶微笑且滿心歡喜。性急的母親提出抱孫子的話題，被酒醉的父親半笑半正經地責罵。香奈一臉難為情地笑了。

外婆在餐桌角落，沒有參與對話，落寞地微笑。髮量驟減，頭皮清晰可見。原本就嬌小的身軀，看起來比以前更加瘦小了。

就連元旦早晨我們要去附近神社新年參拜時，外婆也說要留下來看家。父母似乎已完全和香奈打成一片，在冬天寒冷的清晨，熙熙攘攘的神社中，邊走邊談天說笑。

我在參拜期間，依然掛念著老邁龍鍾的外婆。

回到家後，父親占據了他在客廳的固定位置，看起元旦特別節目。母親泡了四人分的咖啡，沒算外婆，坐在桌前與香奈面對面聊天。香奈則是拿起餅乾，斜眼看著電視，邊與母親開心地談論最近的諧星。

我喝了一口咖啡，前往外婆的房間。鋪著地毯的三坪房間，以前是儲藏室。

外婆在窗簾緊閉的陰暗房裡跪坐著，縮起身體，朝佛龕雙手合十。邊來回摩擦著手上掛著的黑色念珠，邊發出低微的聲音誦讀佛經之類的文字。她背對房門，因此看不見她的表情。

我慢步前進，繞到外婆的斜前方坐下。

外婆嘴裡唸唸有詞，合掌拜了一會兒後，抬頭看我，沒表現出什麼反應，再次望向佛龕，輕聲長嘆。

我特地來到她的房間，卻一句話也說不出口，只是看著她的動作。

見我一語不發，外婆又輕聲嘆息，從下垂的眼皮內側望向我說道：

「要好好珍惜香奈。」

「嗯，我知道。」

我點頭答應後，外婆低垂視線，加強語氣：

「要對她體貼一點，照顧她一輩子才行。」

「外婆。」我笑著回答：「我就是有這種打算才跟她結婚的啊。不是抱著玩玩的心態跟她在一起。我也老大不小了……」

「你不懂。」

外婆悲苦地搖搖頭，表情十分難過。我感受到自己的笑容從臉上褪去。

「嫁為人婦啊，就得忍耐。不管是碰到啥艱辛、痛苦、悲傷的事。就算吃了『天大的苦頭』，也要吃苦當作吃補。」

我自認為有認真聽取外婆的教誨，但內心深處還是覺得這種想法過時了。現在哪裡還有女人認為凡事忍耐是一種美德的。大概是我的想法表現在臉上了吧。外婆突然握住我的手。

她的小手瘦骨嶙峋，滿是皺紋。什麼時候變得如此衰老脆弱？

當我思考該說些什麼時，外婆開口：

「外婆不知道香奈是不是那種人。也不清楚現在的女人有沒有法度撐得過。可是啊，一樣都必須好好珍惜。」

那倒是真的。我如此說道。

「我會好好珍惜她，也會好好跟她溝通。」

「這樣啊。」

外婆嘆了第三口氣，低下頭，好像非常疲憊。

是因為年紀一大，就容易變得悲觀嗎？抑或是……我腦海裡閃過外婆即將不久人世的念頭，隨即打消，輕輕回握她蒼老的手。

「我答應妳會永遠珍惜香奈，一輩子相親相愛。」

鄭重說出口實在令人難為情，但同時也讓我端起認真的態度。意識到這並非是自己和香奈兩人之間的問題，還背負著家人與周遭的人的心情與期待。

外婆的眼眸微微泛著淚光。淚水一滑落，便立刻被臉上深深的皺紋吞噬無蹤。

那是開心的眼淚，因為我要結婚而喜極而泣吧。我如此心想，莞爾一笑。正想出聲攀談時，外婆開口：

「畢竟根本沒有啥事是有法度忍耐的。」

一口氣如此說道。

我不懂這句話的含意，僵在原地後，外婆便顫抖著嘴唇：

「一旦忍耐啊，心裡就會累積壞東西。時間久了，會一口氣反撲回來。一直忍耐不代表是對的。因為咱撐過去了，所以就能諒解。世上——這個社會可沒那麼簡單。」

我不太明白外婆在說些什麼。是要告訴我凡事別能忍則忍嗎？這話確實有道理，但有必要如此語重心長，甚至潸然淚下地教誨孫子嗎？

我在陰暗的房間裡盤腿而坐，望著無聲啜泣的外婆，不知所措，也覺得有點厭煩。莫名其妙籠罩在沉重的氣氛中，令我難以忍受。

「謝謝外婆，我也會轉告香奈。」

我盡可能開朗地說道，避免表現出冷漠的感覺，鬆開外婆的手。外婆抬起頭，以濕潤的通紅雙眼仰望站起來的我。

我將視線從祖母身上移開，望向牆上的時鐘。已經超過正午了。

「妳要吃年菜唄？有買回來的現成年菜。」

我如此問道後，外婆搖了搖頭，

「咱還不餓。」

呢喃般地說道。

「吃一點對身體好，還能跟香奈聊天。走，來去客廳唄。」

我這麼催促後，外婆依然坐著凝視著我。

「怎麼啦？」

「你——」

外婆睜大下垂的眼皮，擴大潤澤的瞳孔說：

「——你是秀樹唄？正在叫咱去吃飯唄？」

我的後頸起了一顆顆的雞皮疙瘩。

之後發生什麼事，我已記不清了。只是，我不可能留下外婆一個人離開。所以大概是佯裝平靜，兩個人一起走向客廳吧。

六月在東京舉辦婚禮時，我邀請了父母和親戚，當時外婆依然獨自留在京都。在婚禮開始之前，我若無其事地詢問母親外婆的狀況，聽到的回答是「她的腰腿又衰退了，除此之外都很健康。」

我打消了原本想要質問外婆是否得了老人痴呆症的念頭。既然母親判斷沒有異狀，應該就沒問題吧。我如此說服自己，將心思擺在結婚典禮上。

實際上，外婆並未罹患失智症。反而意識跟記憶都很清晰才對。事到如今我才有所領悟。

隔年秋天，外婆駕鶴西歸。死於肺炎，享年九十二歲。單看死因和年齡，她算是壽終正寢。不過，據說臥病在床的外婆在臨死之前曾經嚎啕大哭。談到這件事情時，母親總是哭著說：「她之前一直很冷靜地說自己時日不多，看來還是害怕死亡唄。」

但是我明白，外婆並非是畏懼死亡。

據說外婆當時踢開棉被、甩開母親的手，拚命地揮舞她瘦小的手腳，

「拜託……請回去唄……」

「別把咱、別把咱帶到山裡……」

「銀二……？是銀二嗎……？」

苦苦哀求似地不斷說道。

把人帶到山裡的存在。

與外公有關的某種東西。

從這些線索可以合理推斷出一件事。

外婆當時害怕的可能是「魄魑魔」。

香奈在外婆正好過世一個月後，產下了知紗。

五

每當想起香奈和女兒知紗，我腦海便會浮現令我明確冒出「想要小孩」這個念頭的某件事。

婚後，我們夫妻到伊勢神宮度蜜月，順便造訪外公外婆的出生地三重縣。

來到外婆老家位於的M地區，與印象中只在外公葬禮上見過的老親戚們碰面，向他們報告我結婚的消息。

那群老人家也挺為我結婚一事感到歡喜的，但鄉音實在太重，我真的聽不太懂他們具體在說些什麼。

不過還是很開心受到他們的祝福。雖然因為遠親而幾乎沒有交流，依然心懷感激，不好意思地收下他們包的紅包。

我和香奈也順道去了K地區。

以前聽母親說過，外公的老家早就拆除了。不過，根據我事先上網調查的結果，得知當地最近冒出了溫泉，似乎還頗受好評，便決定走到哪算到哪。

我們搭乘只有三節車廂的鐵路地方支線，在名稱同為K的車站下車。走出斜陽西照的驗票口後，明明是站前，卻不見任何超市、便利商店，甚至連私人店家都沒有。

有的只是停放著零星腳踏車的鐵皮屋單車停放處，以及堆滿砂土，到處龜裂的水泥地停車場。

有人會利用這種車站嗎？還是自己太習慣東京的關係？

我怔怔地眺望擴展於站前的蕭瑟景色。

既然現在都是這種情景了，外公居住的時候肯定更加空無一物，草木叢生，也沒有鋪路吧。

一旦入夜，便漆黑得伸手不見五指。

如此一來，也難怪這裡的居民會真心懼怕「魄魑魔」了。

可是，為何連外婆都——

「啊！」

香奈輕聲驚呼，我回過神望向她，只見她舉起纖細的手指指向半空。循著指尖望去，發現約十公尺外的一間徹底生鏽的組裝屋旁，立著一面嶄新到格格不入的大型看板。

上頭大大寫著：

〈含鐵泉　源泉直流

子寶溫泉

=>200公尺前方右轉〉

文字還附上配圖。一男一女一老一少，笑呵呵地泡著岩石環繞的溫泉。有的坐在岩石泡到小腿，有的泡到肩膀的位置。

人物頭上放著白毛巾。看板上方畫出三條縱向波浪型曲線，彷彿要填滿空白般添加的白色水蒸氣。是描繪「溫泉」的典型插圖。

「應該就是那裡吧？」

香奈說。

「嗯嗯，對耶，溫泉。」

我也跟著發出聲音說話。不過，占據我腦海的反而是「子寶」這個詞彙，勝過「溫泉」。子寶。寶貝兒女。

當然，我先前也曾有過生兒育女的念頭，並且跟香奈討論過。但那終歸是一些純屬幻想、夢想的無聊想法。

「去看看吧。」

香奈說。用手帕擦拭額頭的汗水。

她只是想沖洗旅途中所流的汗，還是為了按照預定的行程走？

抑或是有其他更深層的含意？

難以揣測妻子真正想法的我，總之先予以同意，邁步朝看板箭頭指示的方向前進。

灰色瓦頂與亮褐色木頭柱子，子寶溫泉的入口閃閃發光，看來是最近新建的。我們一邊說著：「感覺很整潔漂亮耶。」「太好了。」一邊穿過大門。

放鞋的寄物櫃比想像中還多人使用，我邊說著沒想到還滿熱門的嘛，邊按下自動販賣機入浴組一套的按鈕。

大廳的椅子上已坐了幾名先來的客人。看似同年代的女性與中年女性。這類設施獨特的潮濕空氣。

該說是不出所料嗎？浴池與看板上畫的插圖不同，是男女分開的。

我在寫著密密麻麻有關溫泉功效和由來之類的木製大牌子前，叫住香奈。

「嗯？」

她望向我。我在腦中，應該說是心裡，將從車站到這裡途中所思考的事情彙整一遍。

重要的並非揣測妻子香奈的心思來見機行事。

而是我這個丈夫怎麼想，怎麼去面對。

我將臉湊近她的額頭說：

「跟妳說喔，我想要小孩。」

抱著入浴組的香奈目瞪口呆，僵在原地。隨後回答：

「你怎麼了？怎麼突然——啊！」

她揚起薄唇嘴角，露出整齊的牙齒，眼光炯炯有神。

「是因為這裡叫子寶溫泉的關係嗎？」

「嗯，算是吧，讓我產生想要小孩的念頭。」

香奈「呵呵」笑了笑，突然愁眉苦臉地低下頭。

「咦！妳怎麼了——」

「沒事，抱歉喔。」香奈單手抵著眼睛，抬頭說道：

「我是覺得很開心。你竟然有認真考慮生孩子的事。」

她吸了吸鼻子。

我原本想要擁抱香奈，連忙剎車，摟肩的手勢停在半空中。

「那妳呢？」

我詢問後。

「我也——想要你的孩子。」

香奈濕潤著眼睛如此回答。

更衣處和浴池都沒有人，我泡在飄散著鐵臭味的褐色溫泉中，小小享受了一下當國王的感覺。

在大廳品嚐咖啡牛奶，一邊等待香奈的期間，我思考了一下往後的人生。

有孩子的人生。

養育小孩的自己。

半年後，香奈告訴我她懷孕的消息。

雖然她在子寶溫泉那樣回答，還是對生產感到不安和困惑吧。在泡完溫泉的歸途上，她對將來也似乎沒有一個明確的方向。

一旦懷孕之後，想必會更加憂鬱，胡思亂想吧。可能也是因為荷爾蒙之類的影響，導致身心失衡。

香奈在床上一臉不安地低著頭，擠出聲音說道後，抬頭仰望我。

我回望她，堅定地說：

「恭喜妳，我們兩人一起養育這個新生命吧。」

孩子出生後，我絕對不會推給香奈或母親照顧。我這個父親也會幫忙帶小孩。夫妻一起努力養育小孩吧。我接著這麼說道。

香奈擦掉奪眶而出的淚水，笑逐顏開。

開始害喜時，香奈辭掉「生活超市」的兼職工作，在家靜養。她想繼續工作，但我嚴厲地反對，逼她辭職。

我過去都尊重她的意見，一旦跟孩子扯上關係，我的態度就變得很強硬。這一點連我自己也意想不到。

工作雖忙，我還是會盡早回家。香奈害喜得很嚴重，做不了家事時，我會努力減輕她的負擔。

我們討論了許多孩子的名字，一起翻閱嬰兒用品的產品目錄。最後由她決定名字的發音「CHISA」，由我決定文字寫成「知紗」。這樣就不會起口角，圓滑地解決取名的事。取好名字後，正好是聽說外婆噩耗的一星期前。

參加完外婆的葬禮回來後，我和香奈每天忙東忙西，為生產做準備。狠下心買了公寓，也將人稱「白色家電」的家事電器用品全部汰舊換新。新居位於上井草一間四層建築小公寓的三樓。是三房一廳一廚的中古屋。我和香奈、知紗一家三口的家。

雖然揹房貸令我感到不安，但擁有新家的喜悅凌駕其上。

事情發生在香奈臨盆將近，我為她挑選醫院，辦理完住院手續的午後。在外跑完業務後，我先回公司大樓與主管在四樓的營業部商討接下來要開的會議內容。此時，年紀小我一歲的部下高梨過來叫我：「啊，田原先生。」

「什麼事？」

我詢問後，高梨一副傷腦筋地走到我身邊說道：

「有客人外找，說是想要見你。」

「我沒有跟人約好要見面耶。」我納悶地偏了偏頭。「對方叫什麼名字？」

「我想想喔，叫什麼名字來著？」

高梨皺起眉頭左思右想了一下，隨後回答：

「啊啊，對方說想找你談知紗小姐的事。」

「知紗？」

我不禁出聲回應。會提到知紗，表示是香奈的親戚或熟人嗎？還是這次香奈住院的醫院相關人員？

該不會是我老婆的身體有什麼狀況吧？

我草草向高梨道了聲謝，匆匆趕到一樓。公司規模不大，因此沒有足以能稱之為大廳的空間。小小的辦公大樓敞開的門前只有電梯、樓梯和仿造羅馬神殿柱子的大理石電話檯。通常訪客會透過那臺電話通知對方自己的來訪，這次應該是高梨恰巧經過而接待客人的吧。

穿過電梯後，電話檯前和門口四周都空無一人。到底是怎麼回事？

為了慎重起見，我走出入口確認周圍，秋風吹拂的道路上也不見類似的人影。

我再次穿過入口，看見高梨倉促地走下樓。

「咦，客人呢？」

我對早已氣喘吁吁的高梨搖了搖頭。

「沒看到啊。是誰啊？」

「這個嘛……」

高梨上氣不接下氣地脫掉外套。他怕熱又容易出汗。

「是個女人——」

「所以到底是誰？」

我盡量壓抑住不耐煩的情緒問道。

「看起來滿年輕的——咦？奇怪？」

高梨垂下視線，皺起眉頭，手上抱著外套，就這麼僵在原地。不久後，高梨一臉呆愣地望向我。

「——抱歉，我完全不知道。」

「喂、喂。」

我輕聲笑道。

「你總該問過對方叫什麼吧。」

「這個嘛……」

高梨望向入口，似乎拚命地在回憶幾分鐘前才發生過的事。

「真是奇怪耶，我記得她就站在那裡，我出聲攀談，然後——」

「她說要找我談知紗的事嗎？」

「對，沒錯。話說回來，知紗小姐是誰啊？你太太嗎？」

「知紗是——」

這時我才終於意會到一件事。

我根本還沒告訴任何人我女兒叫什麼名字。香奈也不可能告訴別人。因為我們已事先商量好要等孩子平安出生後，再向所有人報告。

當然，有可能是香奈背著我說溜了嘴，不小心透露出去。如果對方是醫院相關人員倒是有這種可能性。不過——

我將視線從歪著頭的高梨身上移開，拿出內側口袋的手機，打算詢問香奈。

找出手機裡儲存的香奈號碼，將手機抵在耳邊後，我不經意地望向一臉困惑，打算重新穿上外套的高梨。

他將左手穿進袖子，抬起右手手肘拉高外套。

「喂——」

我不由自主地發出聲音。高梨一臉「叫我幹嘛？」的表情望向我。

「——你的手怎麼了？」

我聽著嘟嚕嚕的來電答鈴聲，用另一隻手指著高梨的右手。

是上臂的外側嗎？容易堆積脂肪的那個部分，附著紅色的液體。眼看著紅漬慢慢地濡濕了白色襯衫，越擴越大。

是血。

「咦！有怎樣嗎——哇！」

高梨拉了拉襯衫查看，這才終於發現自己手臂上的血。

「你受傷了嗎？」

「沒有啊，這是怎麼回事？怎麼會這樣？」

平常個性溫吞、坦蕩大方的高梨，難得倉皇失措地用左手觸碰變得通紅的右手。就在那一瞬間——

「痛……痛死人啦！」

高梨輕聲吶喊，蹲向白色地板。

我維持手機貼著耳朵的動作，姿勢隨便地彎下腰想要攙扶他。

「高梨，你還好嗎？」

「嗚哇……好痛……唔……」

高梨似乎痛得無法好好說話，跪到地板上，臉上冒出冷汗。

『喂？』

香奈偏偏在這時接起電話。但現在不是講電話的時候。

「抱歉，我掛了。」

『咦？什麼——』

不等香奈回答便逕自切斷通話，蹲下來觸摸高梨的背。

高梨抱著右手肘，蜷縮著身軀。襯衫的右衣袖已染成一片鮮紅。滲出襯衫的血滴答一聲，滴落白色地板。

「別動，我立刻叫救護車。」我如此說道，留下呻吟的高梨，撥打一一九衝上樓。

我和其他驚慌吵鬧的職員一起在大樓前目送被抬進救護車的高梨。我晚了一些到會議室開會，但完全無法集中精神。

六

高梨隔天若無其事地跑來上班，但第二天又開始缺勤。據說他住院了。他的同期同事已有幾個人去探病，我向他們打聽高梨的狀況，卻抓不到重點。不過，將零碎的片段組織起來後，高梨右手臂的傷勢本身似乎沒那麼嚴重，但因為傷口化膿之類的原因導致身體出了狀況，為了保險起見，還是住院就醫。

基於工作忙碌，以及香奈即將臨盆的關係，我去探望高梨時，已是他受傷後半個月的星期六午後。

「傷勢怎麼樣了？」

我看著躺在綜合醫院個人病房的老舊病床上，吊著點滴的高梨，不由得如此問道。過去還不算肥胖，健康有肉的他，整個消瘦了一大圈，臉色和皮膚也變得黑不溜丟。

右手包了好幾層繃帶。

「好像是細菌感染的樣子……」

高梨用左手撫摸著他憔悴的臉頰說。感覺費了不少的精力才說出這句話。

大白天的卻拉起厚實的窗簾遮陽，在陰暗的病房中，唯獨他的雙眼炯炯有神。

看見他這副模樣，我實在難以向他提起公司的事，更別說是閒話家常了，只好說個幾句慰問的話便告辭。

「不好意思。」一踏出病房，遠方便傳來一道慌亂的聲音叫住我。循聲望去，看見一名前額禿頭的微胖中年男性，啪噠啪噠地衝到我身邊。

「你是殿田製菓的人嗎？」

男人問道。我回答：「是的。」

「我是高梨的父親。小犬重明平常承蒙你照顧了。」

男人氣喘吁吁地如此說道，深深低下頭。

形式上打過招呼後，我們走到附近一張暗紅色的沙發椅並肩坐下。因為高梨的父親說有話想問我。嚴肅的表情中帶有不容分說的魄力。

他從秋田搭夜間巴士，今早抵達東京。上午見了兒子一面，也單獨找了主治醫師談話。高梨的父親先說了這段開場白，接著進入主題。

「聽說重明在公司不知不覺就受傷了，這是怎麼回事？」

他將手放在褐色寬鬆長褲的膝蓋處，身體向前傾，如此問道。額頭與頭部冒出汗水。平常容易給人「和藹可親」這種印象的大眼，朝我投以彷彿要射穿人的銳利視線。想必是因為兒子莫名其妙就住院，令他擔心不已吧。除了本人與醫生外，還想向周圍知情的人問個明白，讓自己稍微安心一點吧。

我把自己所看到的事大致說給他聽。自己在大廳遇到高梨，他的手臂不知何時開始流血。因為突然感到疼痛，所以叫了救護車。先前在辦公室向自己攀談時，並沒有受傷的跡象。

我說完後，高梨的父親皺起他的粗眉，再次詢問：

「不好意思，真的只有這麼單純嗎？」

「你這話是什麼意思呢？」

我反問後，他將視線落在膝上，再次面向我說：

「比如說，我是說比如喔……會不會是職員偷偷在公司裡餵野狗、野貓，跟養在公司沒兩樣，已經算是公然的祕密了。但這次祕密快要曝光，所有人一致不肯承認，重明也一起套好說詞。」

「不可能。」

我立刻否定。我懂這個問題在問什麼，實際上公司裡也沒有養貓狗。至少就我所知是沒有。所以不會為了隱瞞這件事而有所行動。

但我不懂問這個問題的用意何在。高梨的父親為何要在這個時間點問這種事？

大概是表情透露出我的疑惑吧，只見他用手帕擦拭額頭的汗水後，壓低聲音說道：

「主治醫生說那是咬傷。」

「咦？」

「說重明的手臂是『被咬傷』的。從傷口看來只有這個可能性。可是重明卻堅持沒那回事，自己是不知不覺流血的。我已經被弄糊塗了……」

最後面我幾乎聽不清楚他在說什麼。高梨的父親以求助的眼神望著我，沉默不語。

「可是，實際上令郎……」

我吐出話語，同時在腦海回憶那天當時的情景，想到一個矛盾之處。

「……的襯衫完好無損。雖然沾染了血，但看起來沒有破裂或破洞。如果是咬傷的話……」

「重明也這麼跟我說。」

他中途打斷我的話，嘆了一大口氣。

「你叫……」

「敝姓田原。」

「不好意思，田原先生。我並非歇斯底里或是脾氣暴躁，也不是想盡早接受事實，求個安心。只是……」

高梨的父親嗓音沙啞，乾咳了好幾聲後說道：

「若是被野獸之類的動物咬傷，最先必須擔心的是得到狂犬病。我的一個朋友以前就是死於狂犬病。在山裡被野狗咬傷，沒多久就……他才十五歲。」

我記得曾在哪裡聽過，狂犬病只要發作，致死率幾乎是百分之百。高燒不退，全身痙攣，無法飲食，衰弱痛苦至死。

想必是想起往事、想起朋友臨終時的畫面，他表情沉痛地說道：

「所以，我剛才到這裡之前，也對醫生說重明是不是得到了狂犬病。會不會是在注射疫苗前就發作，所以才會那麼、那麼——」

聲音再次微弱消失，高梨的父親低頭吸了吸鼻涕。一名身穿病人服的患者經過，消毒藥水的味道更加刺鼻地飄了過來，隨後逐漸轉淡。

輕而易舉便能推測出他想說些什麼。

大概是想說，所以高梨的身體才會變得連外行人也看得出異常。

「所以——醫生怎麼說？」

我問。儘管咬傷這個前提已不符合事實，我也認為高梨的情況不像狂犬病的症狀，但既然攸關部下的生命安危，還是不得不詢問。

他微微搖了搖頭回答：

「醫生說不是狂犬病。檢查結果也證明不是。況且咬痕不是貓、狗、老鼠、蝙蝠造成的。除此之外還有許多動物是傳染狂犬病的媒介，但不大可能出現在日本都會。」

「那麼到底是什麼東西咬的？」

「醫生說看不出來。」

高梨的父親臉上浮現僵硬的笑容，望向我。鼻子下方的皮膚微微留著剃完鬍鬚的痕跡，冒出汗珠。鬆弛的眼部下方閃耀的也是汗水嗎？

「我懇求醫生讓我看了。」

他冷不防吐出這麼一句話。我反射性地詢問：

「看什麼？」

「照片。小犬手臂上的那個傷痕。」

高梨的父親如此說道後，用手背擦拭嘴角。

「我想親眼確認。硬是拜託醫生既然不能讓我直接看傷口的話，至少看個照片也好。可是，反而看得我更加一頭霧水了。那種——」

「哪種？」

眼看他的聲音又快要中斷，我將臉湊了過去。看見蒼老的臉龐在我鼻尖前方不停顫抖。

他將視線從我身上別開，擠出聲音：

「那種參差不齊、一塌糊塗的傷口……唄，不是狗……也不是貓……究竟是啥造成的哩……」

說到這裡，高梨的父親完全靜默。一滴汗水從下巴滴落地板。

不好意思，我有點頭暈。他如此辯解，站起身後，逃也似地行走在走廊上，快步離去。

我一個人被扔下，但也沒有打算追上去，便在走廊盡頭的自動販賣機買了一罐咖啡，當場喝完後回家。

知紗是在那一星期後，秋風蕭瑟的午後出生的。

香奈雖然身材纖弱，但生產似乎還算順利，還有餘力對從公司趕去醫院的我露出乏力卻喜悅的笑容。

知紗怎麼看都只像是一隻皺巴巴的小猴子。但在我眼中，她看起來比任何人都可愛。可以感受到我心中湧起慈愛，應該說是喜悅和感謝的心情。

我和香奈兩人一起照顧知紗，也全心地投入工作，度過蠟燭兩頭燒卻內心充實的日子。

年底，在公司忙得不可開交時，收到高梨寄來的辭職信。

〈因健康因素辭去職務〉

即使問他的同期同事，也只得到他身體狀況真的很糟糕的消息，於是我再次前往他住院的醫院。

櫃檯的護理師用內線聯絡後，一臉不好意思地，像是在對小朋友說話般地對我說：

「病人身體非常不舒服，無法會面。真是非常抱歉，沒問題嗎？」

我踏出醫院大門，走在人行道上，突然停下腳步，仰望病房大樓。老舊的綜合醫院病房大樓，看似沉重地沒入一大片宏偉壯觀的厚白雲層。

我想起病房的房號，在腦中猜測位置關係，就在我望向理應是高梨所在的病房窗戶的那一瞬間，窗簾被一把拉上。

窗簾拉上的前一刻，我目睹到的畫面是——

幾近黑色，宛如枯木般瘦骨如柴的手臂，與一頭蓬亂的頭髮。

以及大得不自然的兩顆通紅充血的眼睛。

我逃也似地離開醫院。

七

儘管掛念高梨的身體狀況與辭職的事，但我要照顧知紗，又要協助香奈，在必須兼顧工作與育嬰之間忙得焦頭爛額的生活中，漸漸遺忘他的事。

現在回想起來，覺得自己真是太不當一回事了。疏忽大意又毫無防備。

不過，我也不是完全忘了高梨。

應該說，對他那荒謬又詭異的事情所感到的不安和恐懼，始終遺留在我內心一隅。

而且下意識地聯想到「那個東西」。

外出時若是發現感覺很靈驗的寺廟和神社，便會不自覺地買下護身符，擺在家裡的玄關、廚房、廁所、電視上、臥房——

去附近的祭典或是盂蘭節和歲末參拜時，也會毫不猶豫地購買看起來很靈、能保護一家人的物品。

「買這麼多要幹嘛呀？」

香奈傻眼地笑道。我回答：

「保護家人是我這個當父親的職責啊。」

當然，我並沒有說明我心中蔓延的不安。香奈也沒有多問。

藉由購買那類物品雖然能稍微消除我心中的不安，但知紗的存在與她的笑容和成長無疑是療癒我、使我積極面對的最大原因。

另外一個出乎意料令我勇氣倍增、消除憂慮的事情，則是與其他有育嬰經驗的奶爸們交流。

在網路、社群網站上與他們交換意見、互相勉勵。我也曾不知天高地厚地朝世界發送過幾次言論，啟蒙大多無心參與育嬰的父親。

奶爸盟友的重要性

今天跟附近的奶爸團在披薩連鎖店聚會～

平常大多去某人家聚會，但偶爾奢侈一下也無妨吧。

對了對了，前幾天奶爸團加入了新成員！

T夫婦還只有二十幾歲。

聽說丈夫在某大型廣告代理商（笑）工作，太太則是現任模特兒。

兩人的孩子上個月剛出生，熱騰騰剛出爐！

我立刻把知紗的舊衣服送給他們，兩人開心地收下。

丈夫好像還不習慣抱小孩的樣子，我有點擔心，但爸爸跟小孩一樣，都會成長。

喔，似乎抓到訣竅囉？嗯、嗯，很棒喔，新手爸爸！

雖然也有點感嘆鄰居之間越來越少來往了，

但正因為處於這樣的時代，我才想要更珍惜人與人之間的連繫。

當然，並不是和他們連成一氣，討拍吐苦水。即使忙忙碌碌、無暇睡覺、精疲力盡，我還是主動地疼愛、照顧知紗，鼓勵香奈。

我過得很充實。香奈也很高興、感謝我一起照顧小孩。

在知紗快要滿兩歲的秋天時節。

原本傍晚約好的聚會取消，能早點回家，我打電話回家報告這件事。

香奈雖然開心我能早點回家，卻一副傷腦筋的模樣。一問之下，原來是因為跟鄰居打交道的關係，必須一起吃晚餐。

對方是津田夫婦。他們有一個跟知紗差不多大的女兒，叫什麼名字我忘記了。

養育小孩難免必須跟周圍配合、建立關係。這一點我平常就深有所感，不過——

「……他們已經準備好了，知紗也……」

「……偶爾也必須跟朋友、周圍的人交流……」

香奈的語氣有些見外，一副小心謹言的樣子。

我敢說妻子香奈她已經疲於跟鄰居打交道了。但她還是一直顧慮津田夫婦的心情，不讓我察覺。

善解人意的香奈，偉大的妻子。

既然她有困難，作丈夫的就應該幫她解圍。

我說些話撫慰她，說服她今晚就我們一家三口度過。

然後打電話給津田夫婦，鄭重地表示取消晚餐的聚會。

轉乘電車，抵達自家公寓時是晚上七點。我衝上樓梯，快步在走廊上前行，打開玄關的門。

室內一片漆黑。玄關、走廊和盡頭的客廳都是。遠處的朦朧亮光，是廚房的燈光嗎？

香奈和知紗人呢？

「喂，香奈。」

我一邊說一邊暗中摸索，找到電燈的開關。

啪嘰一聲，柔和的光幾乎同時照亮玄關與走廊。

我察覺到在擴展眼前的光景代表著什麼含意後，不禁後退一步。

木質走廊散落一地閃閃發光的碎布、碎繩結以及碎紙片。被撕裂、切碎、破壞得四分五裂，撒得到處都是的——

是我四處蒐購擺放在家裡的護身符和避邪符的殘骸。

「香奈！知紗！」

我粗魯地脫下皮鞋隨手一扔，奔向客廳。儘管猶豫了一下是否要踩踏護身符和避邪符，但實在難以避開全部前進，只好用力踩過去。

打開客廳的電燈後，那裡也散落一地的碎布和紙屑。

置之不理，衝進廚房後，抱著知紗蹲在地上的香奈赫然抬起頭。沒有化妝的面容憔悴，不知是否因為日光燈照射的關係，黑眼圈特別明顯。

「香奈。」

我呼喚她的名字後，她慌亂地顫抖著嘴唇，眼眶立刻濕潤，眼淚奪眶而出，沿著臉頰流下。

「這究竟是怎麼一回事啊——」

我撿起落在香奈腳邊，被粗暴地撕碎、揉成一團的避邪符殘骸。

「我……我……」

香奈聲音高亢分岔，淚水直流，滴落在知紗的頭上。知紗正呼呼熟睡著。

我抓住香奈的肩膀，盡量壓低聲量說道：

「發生什麼事了？」

「這、這是……」

她仍顫抖不已，顯然在害怕。我不禁問道：

「有什麼東西——來了對吧？」

「咦……」

香奈明顯六神無主，視線遊移，嘴巴半開，鐵青的臉越發蒼白，噤口不語。

「冷靜點，香奈。先把知紗——」

『嘟嚕嚕嚕』。室內電話突然鈴聲大作，我和香奈同時抖動了一下。我停頓半刻，望向客廳的電話。

『嘟嚕嚕嚕嚕』

『嘟嚕嚕嚕嚕』

現在不是悠閒接電話的時候。我如此判斷，再次溫柔地摟住香奈的肩，從她手中接過知紗來抱。睡得香甜的知紗，臉頰紅通通的，鼻水乾掉的痕跡一直黏到上唇。似乎哭過。

我抱著女兒扶起香奈，來到客廳，並肩慢慢走向臥房。緩步慢行，避免吵醒知紗，小心避開護身符和避邪符。鈴聲中斷，響起機械音告知留言步驟「請在嗶聲後留言」。

我背對電話發出的沙沙雜訊聲，站在臥房前，香奈打開房門。

『喂？』

電話傳來一道沉穩的女聲。

『銀二在家嗎？』

我全身僵硬，雙腳像結凍般動也不動。

雖然摻雜著雜音聽不清楚，但我敢肯定。

那是我還是小學生時，某天在外公外婆家玄關聽見的那個聲音、那個說話方式。

香奈疑惑地仰望我。

『志津在嗎？』

那道聲音呼喚我死去外婆的名字。

「這是……打錯電話了吧……？」

香奈輕聲說道，望向電話。我思考該怎麼回答，卻無言以對。

雜音持續，聲音中斷。

我佯裝平靜，一腳踏進臥房。

『秀樹。』

有種心臟像是被一把揪住的感覺。

「咦……怎麼會……」

香奈抓住我的手臂。

『香奈。』

香奈「噫！」地倒抽了一口氣，使勁加強緊握我手臂的力道。我將知紗交給她，膽戰心驚地吐出高八度音要她抱好，連自己都覺得窩囊。

香奈儘管心生困惑，還是接過女兒。我確定她抱好小孩後，大步奔向電話。腳底傳來用力踩踏過護身符的觸感，但如今也顧不得那麼多了。

我粗暴地抱起電話，拔掉後方的電話線後，一直流瀉而出的雜音戛然而止。

我全身癱軟無力，鬆了一大口氣。慢慢放下電話，拿著電話線就這麼失神落魄地呆站著。

「這是怎麼回事……？」

香奈問道。我抬起頭，看見她抱著知紗目不轉睛地盯著我。

「是騷擾電話啦。我在公司也有接到，大概是遭人怨恨了。」

我睜眼說瞎話，帶著老婆和女兒走進臥房。

一夜輾轉反側。隔天早上，徹夜未眠的我於固定的時間出門上班。

八

那天的訪客，在經過二十五年多後，打算來找我——

外公的故鄉三重縣K地區所流傳的，名為魄魕魔的怪物。

任誰都會覺得這是不切實際的幻想，或是心智不成熟的想像吧。

換作是我從別人口中聽說這種事情，想必也會如此評斷而一笑置之。

然而，事實上高梨確實被某種生物咬傷，不得不辭掉工作。

我家的護身符也確實被撕毀，並響起奇怪的電話。

香奈和知紗遭遇恐怖的體驗。

無論真相如何，身為一家之主，身為一個父親，我都不能放任不管。只要弄清楚究竟是偶然還是有人惡作劇，就能採取妥當的應對措施。

不過，到底該從哪裡著手、如何行動才能弄個明白？

除了在玄關安裝監視器，防止外人侵入外，我還調查了三重的民俗與都市傳說。

但是上網搜尋、到圖書館翻書，都沒有找到我想要的資訊。也曾想過找人除魔或委託靈媒幫忙，但總覺得那些人大多是神棍。另一方面也認為事態尚未嚴重到必須依賴那類人物來解決。

不久後，我懷抱著不安，選擇埋首於日常生活，靠忙碌來轉移焦點。

無心工作，還是設法集中精神投入其中，偶爾看看知紗的一舉一動和笑容來撫慰、激勵自己，日復一日。透過與其他努力照顧小孩的奶爸們交流，提振些許精神。

香奈自發生那件事後，明顯忐忑不安，有過幾次身體欠安，或是回家後發現她和知紗兩人在哭這類的情形。我不知道該如何向她說明，即使好好解釋，也只會更讓她不知所措、恐懼害怕吧。

關於那天發生的事，香奈堅稱她記不清了。

或許是大腦主動封鎖住可怕的記憶。

結果只是身體欠安，也許已是萬幸。

不過，她總不能一直維持這種狀態，而疏於照顧知紗吧。我如此心想。

因此我時而溫柔、時而嚴厲地開導她，一起照料知紗。

知紗似乎也不記得護身符那件事了，我不著痕跡地打探，她也只是一副目瞪口呆的樣子。

我無法跟別人商量也一無所知，獨自苦悶地工作與家人過日子。

不過，一定有所謂的機緣巧合吧。

年初我們一家三口回老家探親時，母親對我說：

「阿大寄賀年卡來了哩。好久沒見到他了。他好像在當啥學者的樣子，現在也很努力。」

從母親手中接過的賀年卡上，印了一隻運筆豪邁的和風馬匹圖案，親筆寫上賀正兩大字，以及工整小字的問候語。

〈新年快樂。
我今年起會在東京的大學當副教授。
聽說你在東京工作，今年一定要在東京一起喝一杯。〉

我將賀年卡翻到背面，看見我的名字印在中央，而左下角則印著令人懷念的名字。

〈唐草大悟〉

他是我國中時期的朋友。入學前夕搬來同一間公寓，好巧不巧三年來都分到同一班。我們在開學典禮上意氣相投，常常玩在一起。我參加羽球社，他參加足球社，雖然不同社團，卻總是結伴上下學。

高中以後各奔前程，但假日還是會相約出去玩。

大學時期在附近偶遇時，我們到公園一手拿著罐裝啤酒，聊天聊到半夜。

後來他考上私立大學研究所，我前往東京，便自然而然不再有這類的交流。

當我因懷念而嘴角自然上揚時，下一瞬間感覺腦海裡射進一道曙光。

唐草在大學時不是專攻民俗學嗎？

而且研究過日本關西地區的民俗學。

他或許會知道有關魄魕魔的事。

我立刻傳訊息到賀年卡上所寫的信箱給他。

「你說魄……什麼？」

一月下旬，我和唐草在新宿的居酒屋「DODONGO」角落的一張小桌子喝酒。

久別十幾年重逢的唐草，除了體格變得比較健壯外，幾乎與我認識他時沒什麼兩樣。說得好聽一點，是古時候的帥哥；說得難聽一點，則是長得一張西洋臉。有別於踢足球汗流浹背的國中時期，他的皮膚沒有曬黑，雙頰到下巴微微浮現當時未有的刮過鬍子的痕跡。據說他目前在御茶水的S大學擔任民俗學的副教授。

在充滿活力的大眾居酒屋裡放聲報告近況，不小心就歡談了一個半小時。好不容易聊到一個段落，我非常簡單地向他打聽了一下。

「就是唄，我外公說三重縣的K地區流傳著一種叫作魄魕魔的妖魔鬼怪。我最近不知怎地，在意得很哩。」

我好久沒在東京這麼自然地操著一口關西腔了。

「我不知道這個名字呢。聽都沒聽過。」

唐草從出生到小學畢業都住在埼玉，打從和我認識以來就一直都說標準語。就連我們重逢時也沒有改變。而且一樣維持冷靜沉穩的口氣。

他單手拿著威士忌蘇打，偏著頭，片刻過後——

「不——等一下，我搞不好有聽過喔。另外，我好像有瀏覽過可能有關的文獻。」

「你那不乾不脆的說話方式是怎樣啊？」

我趁著居酒屋熱鬧哄哄的喧囂聲與幾分酒意，撞了撞他的肩膀。他表情含糊地回答：

「沒有啦，因為我不確定，必須之後調查過才知道，抱歉。不過，姑且不論有沒有聽過——」

唐草瞬間正經八百地輕聲說道：

「——我現在是單純地對這件事感興趣。能不能就你所知的告訴我？」

唐草的眼睛因為喝酒的關係有些充血，但更為炯炯有神，充滿好奇心與探究心的光輝。以前，比如說和他一起走在附近陌生的巷弄或是鬧區的後巷時，他總是像這樣眼睛閃閃發光。

我覺得久別重逢的老朋友十分可靠。

不過，我不打算在這種場合告訴他那些發生在我身邊難以理解的現象。

因為我明白民俗學並非處理那類奇妙事情的學問，更重要的是，我不希望他以為我腦袋有問題，怪裡怪氣的。

我盡可能老老實實地將我在外公葬禮上守靈那天，從外婆口中聽說的事情告訴唐草。他應該喝得比我多，卻沒有插嘴，認真地聽我說話。

「三重縣……會被帶到山上……」

說完後，唐草拄著下巴，看著牆上的菜單，片斷地重複我說過的話。沒多久——

「我來查查看。查到的話就聯絡你。」

一本正經地說道。

話題自然而然地轉向家人和工作，我們歡談了一陣子後，便在ＪＲ新宿站東口散會。道別時，唐草突然說道：

「看你好像很幸福的樣子，有人在家裡等你回去。」

他尚未結婚，據說也沒有交往的對象。

我曬恩愛也不是，安慰他也怪怪的，便隨口敷衍：「還可以啦。」然後就分開了。

一個月後，我接到唐草的聯絡。

敲定日程後，我在星期六的下午兩點前往巢鴨他所居住的公寓。

九

「你住在中央線周邊不就得了，大學不是在御茶水嗎？」

我說道後，唐草邊在廚房瓦斯爐上燒開水邊苦笑道：

「因為御茶水是山手線，我以為在巢鴨附近。」

我剛來東京時，也沒什麼根據就自以為ＪＲ新宿站跟西武新宿站是相通的，因此遲到過。所以大概能理解他搞不清楚那一帶的感覺。

一個人住在兩房一餐廚的公寓二樓邊間，確實稍嫌過大。牆壁幾乎被舊書架和龐大的書籍填滿。從方位與附近建築物之間的距離來看，照理說採光應該很好才對，但唐草家卻感覺有些陰暗沉重。之所以不會令人感到陰鬱，或許是因為除了書本和書架以外，幾乎沒有其他物品，家具也沒幾樣的關係吧。

他請我坐下，我便坐到餐廳中央的老舊矮桌前。坐墊又鬆又軟，對當時腰痛的我來說較無負擔。

唐草將兩杯裝著咖啡的白色馬克杯放到矮桌上後，從附近的書架上抽出幾本書，在我對面坐了下來。

「多謝你之前告訴我那麼稀奇的事情，很有意思。」

唐草開門見山地說。

「那種事情真的那麼有趣嗎？」

「是啊。我也找到記載魄魕魔一詞的文獻了。」

「真的假的？是啥書呀？」

「我會循序漸進地告訴你。你先看這個。」

唐草五官深邃的臉龐浮起淡淡微笑，攤開一本線裝書籍。找出用便利貼做標記的那一頁後，將書頁朝向我。

不知是草書還是行書？筆跡龍飛鳳舞的，根本看不懂在寫什麼。

……翁曰彼為坊偽魔亦擬偽女居深山薄暮出喚人名答之便入門擄之彷人貌食竹溪蟹野果冬臨而下鳴婆宵婆邑古來居山之妖言畢則眠……

「這是一本叫《紀伊雜葉》的文獻。」唐草開始說明。「是江戶時代末期，紀伊國的小杉哲舟這位儒學家所寫的隨筆。將當地所見所聞的軼事一一書寫下來，大多是花開了、下雪了這類瑣事，基本上滿無聊的，在民俗學史上也不太重要，不過有記錄下一些當時的風俗傳說，所以我也有瀏覽過。上次聽到你提起時，我才覺得好像有印象，也就是說——」

「等、等一下，唐草。」

我抬起手制止說明速度越來越快的他。

「太快了，你能不能解釋得再慢一點？」

他目瞪口呆了一下，隨後「喔喔～」地小聲說道，立刻開口：

「哎呀，真是抱歉。我總是一不小心就說得太快，上課時也有學生反應過這一點。」

唐草搔了搔頭反省，我不禁哈哈大笑。

從國中時期開始，唐草就曾經在別人家默默看了幾十本漫畫，一旦太過投入，就會忽略四周的情況。看來到了這個歲數，他的這種個性還是沒有改變。

他啜飲咖啡，稍微聊了一下副教授的工作和上課的事情後，再次進入正題。

「這裡寫的是有關當時紀伊國山村裡流傳的妖怪。據說會把人擄到山裡，叫作這個名字。」

他用手指指出毛筆字上的「坊偽魔亦撫偽女」。

「上頭寫了些什麼？」

「不知道正確讀音怎麼讀，但通常應該是唸作『坊偽魔（bougima）』或是『撫偽女（bugime）』。」

「嗯？」

我抬起頭，唐草便輕輕頷首說道：

「江戶時代如此稱呼的妖怪，經過時代的變遷，讀音產生了轉變——也就是音變，使其更容易發音——到了你外公出生成長的明治末期時，可能就變成『魄魖魔（bogiwan）』了。」

「原、原來如此。感覺有點牽強哩。」

我佯裝欽佩、對話題興致勃勃的樣子，內心卻大失所望。因為對現在的自己並沒有什麼幫助。雖然頭腦明白是自己太任性自私了，但一想到香奈在廚房抱著知紗害怕不已的模樣，就更是覺得剛才的對話徒勞無益。

「畢竟連『元興寺（gangouji）』都變成了『魍擒仔（gagoze）』或『怨孤娘（ganko）』了。」

唐草低聲嘟囔。我不大明白他說這句話的意思和意圖，但我立刻反應道：

「怨孤娘？我有聽過哩。」

「因為還算滿有名的。」唐草開始娓娓道來。「《日本靈異記》中有寫到，『魍擒仔』是飛鳥時代出現在奈良元興寺的妖怪……算是鬼的名字吧。出沒場所的發音一再轉變，結果直接變成了鬼的名字。據說全國都有類似名字的妖怪，恐怕起源都是來自於元興寺。『怨孤娘』也是其中之一。」

「奈良啊……」

想不到竟然在這裡得知外婆用來嚇唬年幼的我時，所提到的「怨孤娘」這個妖怪的起源。三重和奈良相鄰，我認為有一定的可信度。

同時也減輕了幾分剛才的失望感。

「不過，教授、副教授也真是了不起咧。連這種不是啥重要的書也要先看過、考查過一遍，然後像這次一樣，把各種相關的資訊連結起來，仔細研究。」

雖然是外行人的講法，但我坦率地表達我的佩服之情。因為跟自己切身的回憶有關，我似乎稍微體會到了一點學問的樂趣所在。

「沒這回事。」唐草苦笑接著說：

「基本上是又無趣又單純的工作。這次只是碰巧知道，不過——」

唐草停頓了一下，拿起放在《紀伊雜葉》旁邊的書接著說：

「我之所以會記得《紀伊雜葉》的這個段落，是因為看了這本書。」

這次將隨處可見、極為普通的一本書秀給我看。

充滿「講解古日本風貌」味道，類似古文書的文字，與陳舊紙張般的泛黃質地。書名是《傳教士的足跡》。

「這是約十五年前的書。作者叫瀨尾恭一，原本是東西報社的文化部記者。經常撰寫有關戰國時代和江戶時代的歷史。雖然已經過世，但以前經常上電視。田原你應該也知道吧。」

「看到臉搞不好會認出來。以你副教授的身分來看，他是咋樣的人？」

我詢問後，唐草回答：

「那個人算是滿擅長提出社會大眾都能接受的大膽假設。」

唐草委婉地表現出對電視文化人的批判，迅速地翻頁。他有折書角的習慣，似乎一下子便翻到想找的那一頁。

當然，這次是鉛字印刷，字體也很大。不過，每次都要先閱讀過才能繼續談論，實在很麻煩，我便假裝瀏覽字面，再次詢問：

「上頭寫些啥呀？」

唐草蹙眉，拄著下巴回答：

「飄洋過海來到日本的神父——耶穌會的傳教士，不單是指方濟．沙勿略，這樣說你明白嗎？在傳教活動方面，後來的神父比他更成功。像是後來撰寫《日本史》的路易斯．弗洛依斯、范禮安，還有陸若……哎呀。」

發現我想要做出制止的動作，他喝了一口咖啡。

「抱歉啊。」我說。

「不，是我太囉嗦了。然後啊。」

唐草將手指擺在攤開的《傳教士的足跡》上說道：

「雖然有幾位留名青史的傳教士，但並不是只有他們來過日本。當然，每位傳教士渡海時都有一群相關人士同行，也就是使節團。」

「照理說是這樣沒錯。」

「所以，加上船員後人數很龐大。據這本書上所記載，也有船隻乘載了將近百人。其中想必也有與耶穌會無直接關係的人吧。信奉其他宗派而非天主教的人，以及對傳教沒興趣的人。」

「沒興趣……？」

話題正要展開，我自然地探出身子想要聆聽。

唐草似乎認為自己的上課方式有問題，但應該還是頗受學生好評吧。

「一群傳教士經過明朝——就是中國——渡海來到長崎。有人辛勤地從長崎到九州地方、山口那一帶傳教，也有人到遙遠的京都、尾張一帶傳教。據說見過信長的弗洛依斯也是如此。」

雖然話題改變了，但這次我不介意。唐草呼吸了一口氣後接著說：

「這本書上寫道，應該有不少人在中途與前往京都、尾張的傳教士分別，在伊勢或伊賀附近落腳。說到伊勢和伊賀，就是現在的三重縣。」

唐草沉默不語。但我幾乎不明白這有什麼重要的。我知道安土桃山時代有歐州人來到三重縣一帶，但那又如何呢？

大概是我流露出困惑的表情吧，唐草突然又改變話題問道：

「田原，你有看過《月光光心慌慌（Halloween）》這部電影嗎？是以前的恐怖片，最近也有重新翻拍。」

「啥？不，我沒有看過哩。」

我只回答這一句，唐草又接著問：

「那《Monsters Preschool》呢？」

「這我有看過，當時很流行吧。我只覺得很好看而已。不過，這有——」

「那你記得那些登場的怪物原文叫什麼嗎……？」

「根本說不上記不記得，因為我是看電視配音的。」

「這樣啊……」

唐草有些垂頭喪氣，但立刻端正姿勢回答：

「他們被稱為『bogeyman』。《月光光心慌慌》裡的面具殺人魔也是模仿萬聖節當天會降臨的bogeyman。所謂的bogeyman，說得簡單一點，就是妖魔鬼怪的總稱。在萬聖節時，大家不是都會變裝嗎？」

「是啊，然後到鄰居的門前說『不給糖，就搗蛋』，討糖果來吃。」

「拿到糖就會祝我們『萬聖節快樂』。說到為什麼要裝扮成各式各樣的模樣，是因為bogeyman沒有特定的外形和性質。這或許才是『妖怪』的概念。」

「原來如此。」

我想起外公守靈夜時與外婆的對話，點頭頷首。

「所以，雖然bogeyman這個詞本身是英文，但全歐洲自古以來就存在與其類似意思與發音的詞彙。」

他呼吸了一口氣後，接著說：

「這個瀨尾先生甚至寫道，當時的歐洲文化和技術可能傳給了伊賀、伊勢的農村或是伊賀忍者。方言中留下了當時的痕跡，一部分的忍術則是歐洲的技術。這種頂多是屬於個人的觀點，舉出的例子很隨意，文獻資料也極不充足，大多沒有寫明出處。就學術上來說，這個假設根本一文不值。但有趣的是，書上寫了這種事情，可以當作是一個根據。『三重的K地區——附近流傳的妖怪魍魎魔與bogeyman意思相通。恐怕是傳承自使節團中的一部分集團。傳教士帶進了基督教，妖怪也從遙遠的西方橫越大陸，渡海而來——』」

從遙遠的西方，

渡海而來。

我在腦海裡描繪一艘抵達長崎的船隻。一群神父在許多綁髮髻的古代日本人的注視下，從甲板朝陸地下船。那艘船雜亂陰暗的船底下冒出沒有形體、軟趴趴的灰色物體，在西方稱之為bogeyman的存在。

在人們迎接使節團的期間，那個東西緩緩地降落陸地，消失在港都的人群中——

「不過，瀨尾先生的文章文學感太重。只靠營造氣氛和氣勢來撐起內容，幾乎沒有根據。」

我聽到唐草的聲音才回過神，抬起頭後只見他拿著瀨尾的著作，面有難色地閱讀。

「退個一萬步來說，假如這是事實好了，也沒有明文記載出關鍵的魄魕魔出處。不清楚是在何處得知這個名字的。好歹也在最後一頁寫上書名或是論文的標題吧。如今他已過世，也無法詢問本人——」

他想說的就是「無法獲得證實」吧。不過，與他那客觀的角度完全無關，「渡海而來的妖怪」這種想像畫面，在我腦海中揮之不去。

「那種妖怪，真、真的是飄洋過海而來的嗎……？」

唐草耳尖地聽到我的低喃後，「喂、喂」莞爾一笑道：

「技術和物資也就算了，妖怪怎麼可能真的搭船過來啦。是語言流傳了下來。有關那方面的傳說和信仰。」

「語言？」

我如此問道後，唐草拿著書，歪了歪頭說道：

「這個嘛……比如說，那些歐洲人在伊勢、伊賀遇到什麼不可思議的恐怖體驗好了。他們應該會向別人說明：『我遇到妖怪了（That's bogeyman）！』之類的。而當地人聽完後，會這麼解釋：『原來如此，山裡發生的詭異事情，是叫作破畸魅的東西搞的鬼啊。那些南蠻人還真清楚呢。』」

「喔喔，跟袋鼠為啥會叫Kangaroo的由來差不多唄。不對，情況相反哩。」

我如此說道後，他便大幅度地點了點頭回答：

「世間是這麼流傳的，但好像是假的。不過，經過我的說明，我想你應該已有某種程度的理解。像這樣能以自己的方式，結合自己的知識和經驗來思考，就證明了至少你是有用腦袋在思考，想要融會貫通。就連聽我講課的學生，也只有少數人才懂得舉一反三。」

受到學者稱讚，我率直地感到有些開心。然後試著在腦海裡彙整至今所提過的話題。

安土桃山時代，從歐洲傳入的bogeyman這個詞彙，到了江戶時代以相似發音的文字代入成「坊偽魔」或「撫偽女」，之後發音產生變化，傳到外公那個時代便稱呼為魄鱗魔了。棲息在山中的妖怪自古以來就已經存在了吧。只是之所以會出現名稱，似乎是因為使節團一行人將歐洲文化傳入日本的關係。原來如此，我已經了解文化性、民俗學這方面的事情了。那麼……

我指向早已闔起，擺放在矮桌邊緣的《紀伊雜葉》問道：

「那麼，江戶時代的人是怎麼對付妖怪的？要是坊偽魔或是撫偽女找上門的話。」

「被呼喚名字也不要回答，就只是如此而已。大多都是這樣應對。」

唐草立刻回答。我雖然感到失望，還是將腦中冒出的疑問說出來。

「我看好像代入了『女』字，表示這妖怪是女的嗎？」

「這就難說了。有一種解釋說是女性，但也有沒代入女字的稱呼。」

「沒有除妖的方法嗎？」

「上頭沒有相關的記述。話說——」

唐草凝視著我，露出難以捉摸的表情問道：

「——你為什麼那麼好奇？」

「沒有啦，只是想說應該也有寫到除妖的方法而已啦。」

我佯裝平靜回答。

「沒有留下什麼關於除妖的記述呢。若是某人的怨靈，或是老舊器物被扔掉而成精那類的倒是有。通常都是請人驅邪就圓滿解決，或是焚燒後供養，妖怪就不會再出現了。」

唐草冷靜卻一派輕鬆地說道。似乎將我積極的態度解讀成單純感興趣的樣子。

「這樣啊，怨靈、妖怪之類的，是有差的啊。」

我隨聲附和，不讓他發現我因為主題偏掉而感到焦躁的心情。

從這裡開始，話題就脫離民俗學的範圍，跳到靈異節目的狀態，甚至是批判自稱有「靈異體質」的演藝人員等各種方向。也聊起同學的近況和大學教職員的日常生活。

聊天的期間，香奈發了幾通ＬＩＮＥ簡訊給我，我每次都有回訊息。

唐草的手機似乎放在某處，有聽見幾次或數秒的震動聲，但他可能是聊天聊得太起勁，沒有想去確認手機的意思。

也許是喝了咖啡的關係吧，我突然產生尿意，上完廁所回來後，便看見唐草在操作手機。他拿的是黑色的傳統掀蓋式手機，雖然老舊，塗漆卻沒有剝落。

「你手機好像響了幾次，是女人嗎？」

我問道後，他便抬起頭笑道：「怎麼可能嘛。」接著說：

「是廣告信啦。改了好幾次信箱，還是會收到。我想用手機看大學寄來的聯絡信件，所以又不能設定拒收電腦發出的電子郵件——啊啊，岩田又傳來檔案很大的圖片了。」

「有啥問題嗎？」

「沒有啦，是研討會的研究生。認真是認真啦，但總是附加解析度特別高的掃描圖寄過來，讓我每次開信都很慢。」

唐草再次將視線轉回手機上。不只研究，照顧學生和研究生，似乎也是副教授的工作之一。我心想還真是辛苦呢，一邊望向窗外。

天色已變陰暗。我望向手錶，時針已轉到四點多。

「不小心聊太久了哩。多謝你啊，幫我調查那麼多資料。」

我稍微伸展了一下身體，眺望著隔壁的公寓對他說道。

沒有回應。

我回頭望向矮桌，發現唐草目不轉睛地盯著手機螢幕。

「唐草？」

即使我呼喚他，他也沒有打算抬頭，唐草盯著螢幕問我：

「你太太叫什麼名字？」

我吃了一驚，還是照實回答：

「香奈。」

「小孩叫知紗嗎？」

隨後又提出下一個問題。這是怎麼回事？唐草沒有望向我，而是盤坐在坐墊上，低頭靠近手機，並未操作。

「發生啥事了嗎？」

唐草頓了一會兒後，站起身望向我。然後將手機遞到我胸前。

「你知道這是什麼意思嗎？」

「你在說啥啊？」

「混在廣告信當中。上面寫了田原——你家人的名字。」

「啥？」

我接過黑色掀蓋式手機，望向螢幕。

主旨空白。

寄件人也空白。這種事有可能發生嗎？

本文寫著我和我家人的名字。

還有另一句簡短的句子。

〈田原秀樹

田原香奈

田原知紗

在哪裡？〉

當我發現自己目瞪口呆、全身僵硬，是唐草大聲呼喚我，令我回過神時。拿著掀蓋式手機的手非常用力，變得蒼白。

唐草深邃的臉龐一沉，一本正經地望著我。

「抱、抱歉……我剛才不小心走神了。」

「發生什麼事了嗎？」

唐草詢問。

我說了不該說的話，讓唐草替我擔心了。原本打算隨便敷衍過去。

卻打消了念頭。

此時不說，更待何時？

不對唐草說，還能對誰說？

「唐草……那個啊……」

我吸了一大口氣，吐出後說道：

「我知道不是你的專長。可是啊，我現在遇到了一點麻煩。你可能會覺得莫名其妙，但能不能聽我說……？」

唐草堅定地微微點頭。

我和唐草好一會兒，就這麼呆站在完全陷入黑暗的房間。

十

野崎是個打扮整潔、身材瘦弱的男人。據說三十二歲，但或許是因為穿著打扮、梳理整齊的黑髮，以及肌膚水嫩的關係，看起來年輕許多。但他精明能幹的臉龐，又給人一種超乎年齡的成熟感。

「他曾接受過雜誌的採訪。雖然頭銜是可疑的靈異撰稿人，但個性一絲不苟，也精通那方面的學術領域。而且好像有認識能幫上你的人。你要不要請教他看看？」

那天，我花了很長的時間說完有關魄魑魔的事情後，唐草這麼跟我說並給了我一張名片。黑底白字，羅列著簡單的字體。

〈採訪・執筆
靈異撰稿人
野崎昆
KON NOZAKI
090×××○○○
konnozaki@xxxxxx〉

我依照野崎指定的時間地點，於三月上旬的星期日下午兩點，來到阿佐谷車站附近的一間小咖啡廳。

野崎在柔和的橘色照明下，坐在復古的小桌子對面，聽我把話說完。天氣明明還很寒冷，他卻點了一杯冰咖啡，啜飲了一口後，他一本正經地說道：

「我了解您的心情，您一定很難熬吧。」

我原本以為他會說一大堆靈異相關的用詞，或是單純好奇地追問我各種細節，萬萬沒想到他會說出如此體貼的客套話，因此全身一口氣便放鬆了下來。

我含糊地開口，分不清到底算不算是回答。於是野崎莞爾一笑，非常爽快地說道：

「簡單來說，您的意思是希望想辦法解決那隻妖怪吧？」

老實說，就是如此沒錯。但聽人單刀直入地這麼問，顯得為此發愁的自己很愚蠢，害我不知道該如何回答。而且也感覺他斷定好在我是個徹頭徹尾相信妖怪或是靈異現象的人，讓我心裡不大舒服。

「這個嘛，只要知道原因的話，也沒有特別想怎麼樣……」

「您家中的監視器，在那之後有拍到什麼可疑的人物嗎？」

野崎一問便問到了重點。他完全沒有做筆記，卻似乎把我說過的話銘記在腦海。

「沒有。」

「這樣的話，我認為有可能是妖怪。世上真的有妖怪的存在。」

野崎二話不說地如此說道。

他說的話很清楚，但找不到立基點。與其說是可疑，不如說是沒有辦法以常識來溝通。令我難以掌握、推測出他是個什麼樣的人。

「怎麼可能，太離譜了……」

「田原先生。」

野崎臉上浮現一抹訕笑開口：

「您若是打死不信怨靈、妖怪這類非科學的事情，就以科學性的方式來處理就好。也就是加強保全系統、調查周邊，還有穩定心神。去找專門的業者、醫師或治療師諮詢就好。要不然就『確實採取非科學性的對策』。優柔寡斷是最不可取的行為。像是間接詢問外行的學者。」

我聽出野崎是在挖苦我，便佛然不悅地望向他。他依然面帶微笑，再次喝了一口冰咖啡：

「況且，那是田原先生您思想、立場上的問題，並非您家人的問題。消除家人的不安與未來可能會發生的威脅，難道不是第一要務嗎？」

「這種事我當然明白。」

「是嗎？」

野崎從口袋掏出香菸，含在嘴裡點火。

雖然不清楚他是個什麼樣的人，但至少能看出一點，就是顯然他對我非常沒有禮貌。

起初一臉誠懇的態度是我看錯了嗎？我一邊思忖，一邊瞪視他後，他便深深抽了一口菸，接著吐出煙霧說道：

「不過，田原先生您倒是比那些只從電視上得來的知識，就全面肯定守護靈、靈氣這些事情的傢伙要好太多了。也比盲目相信科學的那種人要好得多。以待人處世來說，或許稱得上是不好不壞。但是——」

他一本正經地望向我說道：

「——這種模棱兩可的態度，真琴可就不太喜歡囉。」

「真琴？」

話題突然跳到別的方向，我只能重複句中提到的人名。

野崎拿出智慧型手機，再次浮現笑容說道：

「是我的一個熟人，在做類似驅邪除魔的工作。我記得我也有跟唐草先生提過她。您希望尋求這種人的幫助吧？從我收到電子郵件時，就知道您要找的不是我這個靈異撰稿人了。」

語畢，他開始操作起他的手機。

大概是情非得已擔任沒什麼賺頭的協調人，讓他心情不悅吧。

我想起自由業者比較在意酬勞這一方面，心裡有些過意不去。但完全沒有平息我對他無禮的態度感到惱火的心情。

野崎含著香菸，默默地玩弄了一會兒手機。我也沉默不語。

不久後，他把菸屁股往小菸灰缸捻熄後問道：

「您接下來有事嗎？」

「沒有。」

我回答後，他便苦笑道：

「事不宜遲，現在要不要過去我那個朋友——真琴家？從這裡走過去大概十五分鐘。我本來想叫她過來的，但她好像才剛剛起床。」

「好吧。」

繼續跟他相對兩無言也開心不起來，我答應後將手伸向帳單。野崎卻早一步用指尖拎起帳單開口：

「這點錢我來出吧。」

邪邪地笑著，走向門口的收銀櫃檯。

走到門外後，寒風刺骨，我豎起大衣的衣領，跟在野崎身後。

「您身上有被撕成碎片的護身符之類的照片嗎？」

野崎突然回頭問我，我回答沒有，他又接著問道：

「那有部下受傷的照片嗎？」

「為什麼要問我這種事？」

我火大地說道後，他一臉滿不在乎地吐出白色氣息回答：

「也沒什麼啦，只是想說如果有照片的話，就比較容易跟雜誌談條件。如果能提高預算，就犯不著為了幾毛錢發愁，順利進行下去了。」

幾毛錢。聽見這個用詞，我心想，至少野崎對這個領域的好奇與關心是嚴謹認真的。

十一

來到早稻田通附近後，他走進位於住宅區中央的老舊住商大樓，一階一階地爬上陰暗的階梯。他那位名叫真琴的朋友，莫非有在經營專門除妖的事務所嗎？

「不是，是她自己家。其他樓層我是不知道啦，但她那裡是普通的住房。五十平方公尺，衛浴乾濕分離，月租五萬。這租金在這一帶何止是便宜，根本是破盤價。好像是因為她替這裡的房東趕走附在其他房裡的惡靈，才便宜租給她以示感謝。」

野崎踏著又重又響的腳步，嘻嘻笑道。

爬到四樓後，他按都不按電鈴，就一把打開眼前的門。

我吃了一驚，只見他直接脫鞋，說了一句進來吧，便逕自地往屋內走。

這樣擅自進屋好嗎？我小聲說了句打擾了，便通過幽暗的長廊。

一走進客廳，就亮起蒼白的燈光。野崎鬆開日光燈的拉繩，大聲說道：

「真琴，有客人來囉。」

我循著他的視線望去。

占據寬廣客廳幾近一半面積的大床上，凌亂地散落著五顏六色的服裝、布片、面紙盒，以及其他林林總總的物品。床中央隆起一塊厚毛毯，裡面好像有人。

毛毯蠢動著，慢慢伸出女人的小巧手腳。手指和腳趾都塗著黑色指甲油。右手的無名指戴著一只銀色的粗戒指。

毛毯啪唰一聲掀了開來，冒出一個染著螢光粉紅的短鮑伯頭，眼睛四周烏黑一片的年輕女性。穿著藍色運動服，外加一件日式棉襖。

女性臭著一張臉仰望野崎，接著看向我。眼周之所以黑黑的，似乎是因為掉妝暈開的關係。唇膏也掉了一半。

這就是真琴嗎？說實在的，真的看不出像是會除魔的樣子。那麼，看起來會除魔的人，外表又應該是什麼模樣呢？

即使對她的外表和自己的想法感到困惑，我還是想說先打聲招呼而開口的瞬間——

「這位是我傳ＬＩＮＥ跟妳提過的田原先生。他被妖怪盯上了，不知道該怎麼辦。」

野崎簡潔地替我說明。

「敝、敝姓田原。」我輕輕低頭後，她「嗯～」地發出呻吟，搔了搔她那粉紅色的頭，皺著臉，發出鼻音說道：

「我是比嘉真琴。啊～那個，」

然後突然垂下頭，接著說：

「我去洗把臉。」

她站起來，低著頭，搖搖晃晃地朝向走廊走。比我矮一顆頭，經過我身邊時，散發出些許酒味。

「她宿醉啦，好像跟朋友喝到天亮。」

野崎一副受不了她的樣子說道。

這人真的可靠嗎？我開始擔心了起來。

野崎勸我坐下，我抱著大衣坐在椅子上後，走廊彼端便傳來嘩啦嘩啦的水聲。

當真琴一臉清爽，穿著窄管牛仔褲和深藍色毛衣回來時，野崎早已從廚房準備好保特瓶裝的綠茶和茶杯，放在床邊的小桌上。她也沒說什麼，倒了幾杯茶來喝。

關係似乎非常熟稔。搞不好兩人正在交往也說不定。

真琴在床上盤腿坐下後，野崎便坐到床邊，立刻把我之前的遭遇告訴她。

雖然歸納得很簡潔，事情的來龍去脈和狀況都解釋得一清二楚。

我只要偶爾回答他問我的問題，補充固有名詞和位置關係就好了。

真琴沒有特別發出聲音附和，默默地聆聽野崎的說明。中途搖了幾次頭，晃動她那粉紅色的髮絲。

野崎解釋完畢後，她嘆了一大口氣，抬起頭看我。

真琴卸完妝的臉蛋，皮膚雖白，顴骨和眼形卻有種南國少女的味道。整齊的眉毛四周有修眉的痕跡。原本應該是帶有英氣的濃眉吧。沒有上妝卻輪廓分明的臉龐，竟意外地與她豔麗的髮色十分搭調。

「事情就是這樣。真琴，妳有什麼頭緒嗎？」

在野崎的催促下，她嘟起嘴，一臉不滿地回答：

「嗯，算是有吧。」

「妳真的有辦法嗎？」

我不禁問道。光靠野崎的敘述，以及我幾句話的補充，就能知道什麼線索嗎？就能對似乎盯上我和我家人的神祕存在有某種程度的理解嗎？

真琴直視我的眼睛回答：

「我大概知道有什麼對策，算是只要照著做，應該就能解決的那種方法。」

依舊不改她那不滿的表情。

「那個方法是什麼？究竟要怎麼做——」

我一問，她便搖搖頭說：

「我不知道，不清楚，也難以解釋為什麼。我笨頭笨腦的，也沒有事先調查過。」

「可、可是！」

「我能告訴你的，只是類似如果不想感冒，就要保暖的這種道理而已。基本上沒辦法回答你為什麼會感冒，感冒是什麼？」

「那麼……」

「田原先生。」

野崎說。他望向我，揚起單邊嘴角笑道：

「重點在於解除您家人的不安和危險吧？」

是沒錯啦。我心想。我並非是想要找出原因，明白自己為何被盯上，而是想要保護家人。此時理不理解、領不領悟或許根本早已無關緊要。

仔細想想，我以前也從來不曾想過護身符和避邪符這類的物品，是基於何種道理而產生效果，有所靈驗的。恐怕也沒有人能夠說明吧。但我不也是到處搜購，擺在家裡嗎？

野崎在咖啡廳所說的「確實採取非科學性的對策」這句話的意思，似乎有稍微說進我的心坎裡。

「不過，完全一無所知的話，任誰都會感到鬱悶不舒坦吧，就我所知的範圍來解釋的話……」

真琴將頭偏向一邊，沉默了片刻後回答：

「跟世間常提到的『附身』這種狀況是不同的，那個叫什麼來著的傢伙。」

「妳是指魄魑魔嗎？」

「對。基本上是位於遠方。」

「遠方？」

「遠方。」

真琴重複我說的話，點頭接著說：

「我不確定是否因為這樣的關係，當祂每次從遠方來時，怕自己抓錯人，才會叫對方的名字。」

並非是莫名其妙的謬論，有一定的道理可循。

我感覺真琴所說的「鬱悶不舒坦」的感覺逐漸變得淡薄。

「原來如此。那麼，我究竟該怎麼辦才好……？」

我一問，真琴便一臉傷腦筋地回答：

「回家，對太太和孩子好一點。」

「什麼？」

因為太出乎意料，我不禁發出聲音，甚至從椅子上站起來。

她是把我當白痴，還是當我是冤大頭啊？

大概都有吧。

我心中冒起一股無名火。連我自己都感覺到我的臉慢慢垮了下來。

真琴眉頭深鎖地望著我，更令我覺得大為光火。

「妳這是什麼意思？以為我聽完後會乖乖接受說：好，我知道了嗎？」

我顫抖著聲音說道後，真琴若無其事地直言：

「我想這樣祂就不會來了喔。」

「剛才那句話——不是泰瑞莎修女（Mother Teresa）的格言嗎！雖然稍微修改過，但每個人都知道那句格言好嗎！妳以為用這句話就能騙到我嗎！」

我幾乎全程咆哮地說道。她那張未上妝的臉，露出目瞪口呆的表情說：

「是這樣嗎？」

「開、開什麼玩——」

「真琴是說真的。」

野崎低聲說道，冷漠地凝視著我。

「她不會耍心機說些好聽的話，讓人當場放心，或是感謝自己。既沒有學識，處世也不圓融。」

「喂。」

真琴表達不滿，但野崎不予理會，直盯著我說道：

「既然這傢伙這麼說的話，您只要好好對待您的家人不就好了嗎？這對您來說很困難嗎？」

我越來越氣憤，怒瞪野崎，抓緊大衣後說道：

「我本來是有打算要準備謝禮的，但這種愚蠢的建議，我恕不奉陪。告辭。」

野崎一臉無奈。

「我打從一開始就沒打算收錢啊。」

真琴說。我望向她，她伸展背部——

「好歹得做到像姊姊那樣的等級，才有資格收錢吧。」

吐出意味深長的話語。

不過，我沒有打算繼續深究下去。誰管她姊姊是誰。

我默默地穿過走廊，打開門，衝下樓梯，前往車站。

來時的寒風，吹在正處氣頭上的我身上非常舒服，但依然不減我對他們的怒氣。

十二

我再次回到工作兼育兒的日常生活。即使進入新年度，香奈的身體狀態仍舊不見好轉，但還是盡責地照顧知紗。關心、留意妻女的日子雖然辛苦，但我始終毫不氣餒地愛著她們。

完全不是出自聽從比嘉真琴建議的心態，而是憑藉自己的意志，善待香奈和知紗。

當然，事情並未因此一帆風順。

遇到緊急狀況時，爸爸更應該冷靜應對。

知紗的頭撞到桌角了。

流了血，嚎啕大哭。

妻子倉皇失措，這種時候必須要保持冷靜才行。

我靜下心，指示妻子處理傷口，打電話叫救護車，才沒有釀成大禍。

在候診室安撫妻子心慌意亂的情緒，也是身為丈夫的一大職責。

雖然自己還不成熟，但是一遇到女兒和家人的事，便會情緒激動，同時也逼自己要冷靜思考。

行動俐落得連自己也吃了一驚。

養育小孩會承受不小壓力，也會發生像這次這種意外事故。

不過，從中獲得的成就與充實感，是促使我繼續堅持下去的動力。

我又開始到處購買護身符，在家裡擺放了。可能是心理作用吧，感覺家裡氣氛歡快了一些。

但絕非每天歡樂愉悅、笑聲不斷。反而相反。

自從發生那件事以後，香奈情緒低落，別說笑容了，根本面無表情。

可能是受到香奈的影響吧，知紗清醒時非常乖巧；睡覺時則會突然哭起來。

我實在束手無策，曾經請媽媽從老家過來幫忙照顧知紗，但總不能老是拜託她吧。

時序進入五月，來到黃金週最後幾天連假。

我們一家人沒有外出旅行觀光，只待在家，頂多到附近的公園玩耍。因為我很疲累，香奈和知紗也沒有特別想去哪裡。

剩下的連假應該也會以同樣的方式度過吧。

我覺得這樣也無所謂。

午後的公園比平常少人，我把知紗放到攀爬架上，讓她玩耍。天空一片厚厚的雲層，天色昏暗，有些寒冷。

知紗的頭叩地一聲，輕輕撞到攀爬架的金屬棒，一副快要哭出來的樣子。我拚命安撫她，她還是忍不住放聲大哭。

我撫摸她的頭，抱她哄她，知紗還是哭個不停。

「不哭、不哭。」我強顏歡笑，心裡不知如何是好，周圍突然一陣吵鬧。眼角餘光看見幾個小孩往公園入口相反方向跑去。

我望向入口處，嚇了一跳。抱住知紗的手不禁加強力道，連忙趕緊放鬆。

許多鴿子群聚在一起，擠滿公園地面。目測至少不下三十隻。鴿群看似各自行動，整體卻朝公園內部，我們的所在之處移動，彷彿是移動的灰色地毯。

鴿群中央有人。是流浪漢在餵鴿子嗎？真是擾人。我瞬間如此心想，卻再次吃了一驚。

貼身的連帽運動服、黑色牛仔褲。手腳細長，個子嬌小。螢光粉紅的短鮑伯頭，在灰色鴿群和單色服裝的襯托下，特別顯目。是比嘉真琴。

她帶領著鴿群，朝這裡接近。

野崎放輕腳步，走在她身旁。

鴿群咕咕叫的聲響越來越吵鬧，真琴和野崎在其他親子、孩群和老人們的遠遠圍觀下，於離我們數公尺外的地方停下腳步。

知紗不知不覺停止哭泣，在我懷中興致勃勃地盯著覆蓋周圍地面的鴿群看。

「你好。」

真琴面帶微笑地說道。與在她家見面時不同，妝容完整。利用睫毛膏和眼影，強調出她的大眼。眉毛也畫得十分細緻。

「……你們怎麼會知道我在這裡？」

我東想西想，還是決定先這麼問。我不記得有告訴過野崎我住哪裡。

「我聽唐草先生說您住在上井草。我有其他事情聯絡他，就順便問他您住哪裡。」

野崎邊說邊瞪視他腳邊的鴿群。

「之後就憑直覺找到你。」

真琴接著說。

應該先問找我有什麼事吧。他們肯定有事找我。

不過，我更好奇的是——

「這群鴿子是……怎、怎麼回事？」

面對眼前的滑稽狀況，我忍住不讓嘴角上揚，開口詢問。我在意周圍人群的視線，也想說如果有事找我的話，快點解決就好，但還是不禁問出口。

「經常會這樣。」

真琴一臉尷尬地聳了聳肩說道：

「所以我才不太想在白天出門，但又迫不得已必須來找你。」

「為什麼？」

「算是心裡有一個疙瘩吧。覺得自己說不出個所以然，又給出自以為是的建議，似乎不太妥當。」

她將視線移向我的胸口，望著知紗。女兒手抵著嘴巴，目不轉睛地盯著眼前粉紅色頭髮的女人。

「那、那麼……」

我調整抱女兒的姿勢說道：

「妳會具體做些什麼事嗎？像是除魔之類的……」

「不會。」

回答的是野崎。他站得直挺挺的，看著我和知紗，似乎放棄理會糾纏在他腳踝的鴿子。

「真琴已經說過你回家後應該要怎麼做了吧。」

我想起那天的事，怒火在心中點燃的瞬間，真琴開口：

「所以，我也打算善待他們。」

「什麼？」

「就是，對田原先生你的太太跟孩子好一點。」

我完全聽不懂她說這句話是什麼意思。鴿群的叫聲很吵，牠們不知不覺包圍住我和知紗。許多灰色身體、無情的眼睛與紅色雙腳，「咕嚕咕嚕」此起彼落地叫著，在我們四周到處徘徊。

「真琴提出想跟田原先生您見面，調查是否需要除魔，若有需要，等調查過後再進行。所以我們就過來了。抱歉沒有事先跟您約好。」

野崎一本正經地低下頭。

真琴也微微行了一個禮。

我這才理解狀況。當然還是有不明白的地方，也對突然提出的要求感到不知所措。

況且，我也沒打算給這對只見過一次，來歷不明的失禮男女好臉色看。

然而——

「……粉紅。」

知紗伸出她的小手，以笨拙的手勢指著真琴。

真琴頓時愣了一下，隨後顯示自己的頭髮笑道：

「沒錯。我是粉紅姊姊喲～」

知紗也「呵呵呵～」地笑了。

片刻過後，我才發現自己看見女兒這副模樣而鬆了一口氣。

真琴用雙手抓起兩把自己的頭髮說：「粉紅兔兔」，做出鬥雞眼挺出門牙後，知紗便笑呵呵地拍拍手。

看見她的姿態，我不禁莞爾一笑。

「萬分抱歉，但我們是否能到您府上叨擾一下呢？」

野崎說。然後再次一臉厭煩地用腳驅趕鴿群。

面對突如其來的請求，我不知所措。

「當然也會同時進行調查，並非只是上門做客。拜託您了。」

他再次低頭懇求。隨後真琴也面帶笑容接著請求：「拜託您。」

野崎和真琴是真心看待我和我家人的困難。我如此心想。

似乎緩和了我前幾天對他們的憤怒，並逐漸消退。

我帶領他們前往家中。

十三

每週六或日的下午到傍晚這段時間，真琴和野崎會到家裡來玩。野崎再三強調他們來訪的目的是調查，聽得我都煩了，但客觀來說，他們——尤其是真琴，看起來就是在玩。

我並非對此感到不滿，反而在不知不覺間歡迎他們上門做客。

因為香奈和知紗似乎很開心他們的來訪。

知紗變得活潑愛笑，令人慶幸，而看見香奈與真琴談天說笑的模樣，更是令我安心不已。算是一種療效嗎？我不懂專業知識，但妻子肯定是因為有家人以外的對象可以聊天，才恢復精神的吧。我不禁如此心想。

真琴似乎很喜歡小孩，不論是兩歲幼童支離破碎的話語，還是自己設定玩玩具的奇妙規則，她都能自然開心地融入其中，經常一起歡笑。

野崎有時會帶筆記型電腦過來，觀察家裡四周和室內的狀況，問我和香奈一些問題，一邊打字。一副對小孩沒什麼興趣的樣子，甚至還散發出討厭小孩的氛圍，但有時真琴邀他加入，他還是會心不甘情不願地跟知紗三人一起玩耍。

有時野崎沒有同行，只有真琴自己一個人來。據說有採訪工作。撰稿人沒有週休二日這種概念看來是事實，但我偶爾會想，他搞不好只是陪真琴，其實根本不想來這個家。

不過——

「不是我做的，是野崎。」

當真琴打開保鮮盒，秀出紮實的布朗尼說道時，我和香奈都大感意外地說不出話來。布朗尼不會過甜，濃厚又好吃。

隔週，我向和真琴一同來訪的野崎道謝後，他只揚起嘴角一笑，立刻開始報告以往的調查結果。

野崎也尋求唐草的幫助，對魄魑魔研究一番。令人吃驚的是，他好像還見了《傳教士的足跡》作者瀨尾恭一的遺屬。讓我不得不對他認真的態度感到欽佩，同時也懷抱感謝之意。

不過，對魄魑魔的了解也僅只滄海一粟，頂多只是找到些許學問與歷史上的資料，不清楚具體的擊退方式。

「既然不清楚祂的底細，『不讓祂靠近』可能是最妥當的對策呢。實際上，最近好像也沒找上門了。」

七月初旬，身穿黑色ＰＯＬＯ衫的野崎如此說道後，望向我身後。那是一塊上頭吊著我再次收集而來的十個護身符的軟木板。

日漸炎熱的星期日午後，野崎坐在餐桌前，我和香奈則是坐在他對面。

知紗和真琴在客廳的電視與沙發間的一塊空間上堆積木玩耍。一塊一塊往上堆，正在做城堡之類的東西。

「這種事情，經常發生嗎？」

香奈問道。由於真琴他們開始登門拜訪，也難以再繼續隱瞞到底，我便向她大致說明有關魄魑魔的事。香奈雖然心存懷疑，但畢竟親身體驗過護身符和電話事件，儘管並非完全接受，還是姑且相信這世上有某種不能以常識判斷、來歷不明的東西存在。

「不好說呢。」

野崎模棱兩可地說道。當我和香奈感到困惑時，他臉上浮現嘲諷的笑容開口：

「詭異的事，在大多數的狀況下只是不足為道的事情。通常只會停留在『這世上也有這種奇怪的事呢』這種感想，便不再深究。幾乎沒有人會因為好奇而立刻展開調查。有無數的證言，卻不知道真相。根本不可能事後去證實究竟是單純的偶然，還是跟靈異現象有關。」

野崎停頓了一下，接著說道：

「就這種意義而言，可說是『經常發生』。不過，若是只限於這種長期、方向性有某種程度的一致，而且牽扯到民俗學的例子的話，可說是『少之又少』。這樣不知道有沒有回答到您提出的問題。」

香奈含糊地回應後沉默不語。我輕輕撫上她的肩。

這時突然響起「喀啦喀啦」聲，我望向客廳。

積木倒塌。真琴在客廳中央雙手著地，僵硬不動。

她穿著英文字母的白色印花T恤和深藍色百慕達短褲，嬌小纖瘦的身軀不斷顫抖著。緩緩望向這裡，臉色鐵青。

片刻過後，知紗開始哇哇大哭。

「怎麼了？」

野崎離開座位，一個箭步衝向真琴。香奈小跑步抱起知紗來哄。我站起來了，但無事可做，只能一一環視每個人的臉龐。

「真琴。」

野崎一把抓住她的肩膀。真琴像是現在才回過神似地望向野崎，然後慢慢轉頭望向玄關的方向。輕聲說道：

「不會吧……」

到底是發生什麼事了？我在屋內響起知紗的哭聲與香奈哄小孩的聲音中，目不轉睛地注視著真琴的一舉一動。

「說明一下。」

可能是沒聽見野崎的聲音吧，真琴一直盯著玄關的方向。一雙大眼睜得更大，嘴巴也緊閉好幾次，她倒抽了一口氣開口：

「怎麼辦……怎麼辦……」

「到底是怎麼回事，說清楚一點。」

野崎不斷搖晃她的肩膀。

真琴驚醒過來，將臉湊近野崎——

「要……要是『那種東西』……」

擠出聲音說道。

「那種東西來的話，我、我……」

應該有塗唇膏的嘴唇變成青紫色，全身僵硬緊繃。

真琴驚慌失措。不對，明顯是畏懼害怕。

「妳感受到那個——妖怪了嗎？」

野崎說。與其說是在問真琴，聽起來更像是在向我和香奈解釋她之所以會表現出此舉的理由。

真琴望向野崎的雙眼，微微抽動著頭部。

她在點頭。

她肯定是以靈感，還是第六感這類的能力清清楚楚體認到那東西的存在了吧。

為何會在這個時間點——？

不用想也知道，疑問立刻連結到一個假設。而且是幾乎接近確定的假設。

那東西「找上門」了。

位於遠方，來自西方的妖怪——魄魑魔來了。

來到真琴——好比是天線能接收的範圍內。

當我想走向香奈和知紗時，傳來「啪嘰」的乾裂聲。

我循聲望去，「啊！」地輕聲驚叫了一下。

軟木板上最右邊的一個護身符從正中間攔腰裂開。

不對——是正要裂開。

護身符在我們的注視下搖晃，布料啪嘰啪嘰地斷裂，紅線與白線的纖維飛散開來。眼看著裂痕越破越大，露出裡面的符紙。符紙也快要四分五裂。

「啪哩」一聲巨響，整個護身符裂成兩半。下半部「咚」地筆直往地板掉落。

緊接著又發出撕裂聲。

隔壁的護身符袋裂出一道小縫。

啪嘰。隔壁的護身符也裂開。

啪嘰。再隔壁的護身符也發生同樣的狀況。

其餘的九個護身符全部開始垂直、橫向、斜的綻開。

香奈輕聲驚叫，向後退，背部撞上陽臺的窗戶。

知紗放聲嚎啕大哭。

這也難怪。在這種狀況下，我竟然莫名地能理解她們的行為。因為那時——去年秋天發生的事，又再次重現眼前。喚起她們的記憶和情緒。她們會害怕得發抖也是理所當然。

野崎走出廚房。他是什麼時間跑去廚房的？當我如此思忖的下一瞬間，他將手上的東西用力扔向軟木板。白色結晶碰到牆壁、軟木板與護身符，啪啦啪啦四散而開。

是鹽。誰都大概明白這物品能驅邪。

根本不用確認有沒有效。

啪嘰啪嘰啪嘰啪嘰，聲音連續作響。護身符袋接連破裂。

「呀！」

香奈抱著知紗尖叫，雙腳癱軟，跌坐在地。知紗越哭越淒厲。

「真琴！」

野崎回頭怒吼。

她依然跪趴在地，但眼神卻與剛才截然不同，堅定地望著野崎和軟木板。

她的額頭和臉頰大汗淋漓，汗光閃閃。有幾根粉紅髮絲緊貼著臉頰。

真琴咬緊牙關，眉頭深鎖，痛苦地喘息輕聲說道：

「我在做了。」

她緩緩站起，將右手置於胸前，用左手觸碰戒指。

閉上雙眼，嘴唇微微翕動，唸唸有詞。

「碰！」的一聲，兩個護身符同時爆裂。

真琴面向玄關。擺出架勢的雙手蒼白不已，看得出正在使力。

「別過來……千萬別過來。」

她痛苦地喘息，如此低喃。

隨後響起纖維撕裂的聲音。

護身符快要撐不住了。真琴的驅魔也沒有效果，來了——

當我如此心想的瞬間，空氣突然為之一變。

屋內飄散的緊張情緒消失無蹤。知紗還在繼續哭泣，但原本害怕的香奈已回過神，連忙安撫女兒。

護身符破裂的聲音也戛然而止。

不久後，真琴慢慢放鬆姿勢，雙手無力地垂下——

「——目前算是回去了。」

發出微弱的聲音說道。

我當然無法安心。親眼目睹超越常理的現象，怎麼可能立刻恢復平靜。

假如下一瞬間又響起護身符破裂的聲音——

或是響起門鈴、電話聲。

鈴鈴鈴鈴鈴鈴鈴，我嚇得打了一個哆嗦。香奈發出不成聲的叫聲，快要停止哭泣的知紗又哭了起來。

不是家裡的電話，鈴聲不同。

也不是我的智慧型手機。那麼——

真琴從口袋拿出的白色手機，正在閃爍燈光。

寬大的液晶螢幕中央顯示出「私人號碼」。

真琴觸碰螢幕，抵在耳邊一會兒後——

「咦，姊——姊姊？」

發出難以置信般的聲音回答。

直接在客廳的角落，面向電視側面講電話。事情發展得太快，我頭腦轉不過來，情緒也跟不上。我看著茫然自失，縮起身體講電話的真琴。只聽見她說了「一位姓田原的人」。

真琴抬起頭，緩緩經過我身邊，將手機放到餐桌上。表情疲憊不堪又帶點安心的模樣。

她以指尖敲打液晶螢幕，手機的揚聲器響起沙沙聲。

『田原先生——在嗎？』

一道平靜而強勁的女聲透過揚聲器，響徹整個室內。

「在，我就是。」

我不好拿起手機抵在耳邊聽，只好朝半空中惴惴不安地回答，對方停頓了片刻開口：

『您好，我是比嘉真琴的姊姊。舍妹平常承蒙您照顧了。』

初次見面時，真琴提到的「姊姊」，指的真的是親姊姊。不過，為何在這種時候要求與我通話？

『基於一些理由，我不方便報上姓名。』真琴的姊姊說到這裡，頓了一下後，接著說道：『我就單刀直入說了，「那個東西」相當麻煩，我希望能盡一份棉薄之力，才冒昧與您通電話。』

野崎在真琴身旁低聲細語。真琴無力地點了點頭。

我聽懂這句話的含意。她十分清楚我們身處何種狀況。

不過——

「請問，您從事的是……」

『不好意思，我自我介紹得太簡潔了呢。』

她說。明明沒有聽見笑聲，我卻覺得她似乎溫柔地莞爾一笑。

知紗停止哭泣。我望向她，發現她在香奈的懷中眼眶噙淚，抽抽噎噎地凝視著桌上的手機。

『我和真琴——』聲音從手機響起。『擁有特殊的能力和技術，能夠袚除、平定或是驅逐加害、迷惑人類之物。通常稱之為靈媒、巫師、巫女這類的人物。我與真琴因為這種能力而心靈相通，多少感應到剛才的狀況，因此決定打電話給真琴。這段話，您是否聽明白了呢？』

這段話若是在電視特別節目或網路報導上看見，我肯定會嗤之以鼻，左耳進右耳出，看過就算了。不過，她平靜有力的嗓音和流暢的說話方式意外地有說服力，令我自然而然地點頭稱是。

「聽、聽明白了。」

『謝謝您。』

沉默。當我在腦海想像著她在電話另一頭低頭道謝的光景時——

『我從小就與俗稱「怨靈」、「妖怪」這類的存在對抗過無數次。以我多年的經驗來說——』

她呼吸了一下，接著說：

『——試圖接近您的東西，十分窮凶惡極。』

可以聽見香奈微微倒抽了一口氣。

『而且非常執著，想必您應該也有頭緒。』

「是的。」

『再加上祂極其難對付，憑真琴一人是束手無策的。』

我瞥了一眼真琴。被姊姊一口斷定的妹妹，低垂著頭，咬著唇瓣。

我曾在新聞報導上聽說過，有不肖的商人會故意引起客人的不安，讓客人害怕，進而想要購買商品來消災解厄，這是他們一貫的手法。她說的話也足以撼動我的心，令我顫慄不已。不過，我卻絲毫沒有對她懷抱不信任和警戒心。如果說這就是他們的手法，我也無話可說。但她的話聽起來很有可信度，值得信賴。

我抱著抓住救命稻草的心態對她說：

「那、那麼，請妳——務必幫我驅邪。」

『很遺憾，我無法幫您驅邪。』

她以一貫的口吻說道。

『因為我無法立刻拜訪府上。』

我感覺像是被拋棄了一樣，啞然無言。真琴在牆邊一臉憂傷地望著天花板。

『不過，』她發出聲音。『我認識幾個應該能幫上您的人。他們經驗與知識都很豐富，也很有能力。而且——』

「而且什麼？」

『——只要說是我介紹的，他們應該會免費幫您。』

突然冒出金錢的話題，我頭腦一片混亂。她可能是幽默地想要緩和現場的氣氛，但說話語氣又很冷靜，搞不好並非在說笑。我沉默不語，於是她呼喚妹妹的名字：

『真琴。』

真琴嚇了一跳回答：「幹嘛？」

『妳的做法沒有錯。通常我也會那麼做，只是——』

她以有別於與我說話時的口吻，語帶嘆息地說道：

『——對手是「那個東西」的話。』

真琴嬌小的身軀顫抖了一下。

我望向顯示四點的時鐘。略微西斜的陽光照射整個房間。天色還很明亮，離日落時分尚早。

如此理所當然的事，當時的我卻難以置信。

十四

兩天後的午休時間，我接到野崎的來電。

他說已經聯絡其中一名真琴姊姊所提到的「應該能幫上忙的人」。

『事情越快處理越好吧。剛好我最近有一本雜誌停刊，閒得很。』

野崎透過手機話筒如此說道，但我卻暗自竊喜。有好幾個人能夠幫助我，應該說是幫助香奈和知紗，令我心存感激。

據說對方是兵庫縣山中寺廟一個赫赫有名的住持。一搬出真琴姊姊的名字，便一口允諾要過來這裡。令我感到萬分感激。

週六早上，我坐上野崎租來的車，前往羽田機場。

從高速公路上望著東京的街景，腦海浮現那天的外公外婆家、外公皺巴巴的臉、外婆疲憊的臉、香奈害怕的臉、知紗哭泣的臉等各種事情。

不可思議、不安、駭人的事。

一切都即將劃上句點。

「回去了？」

野崎對著手機，錯愕地說道。

從對方搭乘的班機抵達機場後過了兩個小時，住持依然未現身，也聯絡不上人，回到停在機場前路邊的車上後，野崎再次撥打電話，得到這樣的回覆。

我望向駕駛座上的野崎。他與我對望後，立刻將手機切換成擴音模式。

『……沒想到啊。』

一道精神充沛的老人聲，在開了空調還是悶熱不已的車內響起。

「沒想到什麼？」

野崎聲音蘊含著急躁問道。手機發出舔嘴唇的聲音——

『我是說，沒想到你們面對的是那種對手啊。』

「什麼意思？」

我說。

『貧僧一抵達機場便感應到了。那不是我應付得來的對手。』

住持若無其事地回答。

「可是，比嘉小姐——」

住持打斷野崎說道：

『就算是比嘉小姐介紹的，這次貧僧也無可奈何啊。我也不想送命，不能因為本僧身為方丈，就以為貧僧願意犧牲小我啊。』

野崎故意大聲冷哼了一下問道：

「這次的事情真的那麼棘手嗎？」

傳來細小的咕噥聲後，特別宏亮的聲音響起：『你們到現在啊～』

『還在說這種蠢話嗎？那種麻煩的東西，不去召喚祂是不會找上門的。』

住持扔下這句話後，就切斷了通話。

「不去召喚，就不會找上門……？」

野崎將手移到嘴邊，眉頭深鎖望向我。

我歪了歪頭。至少我沒聽懂住持這句話的含意。

回程的路上，我和野崎幾乎沒有說話。

據野崎說，真琴姊姊介紹的人物，一共有五人。

第一位的住持就這樣以令人費解的形式拒絕了幫忙。

第二位、第三位、第四位也無法跟本人見到面。

這三人即使野崎打電話、傳電子郵件，都無消無息。

「大概是怕了吧。」

野崎在陽臺苦著一張臉抽著菸，嘴角浮現嘲諷的笑容。

理應是長久修練、經驗老道的這方面專家，卻全部拒絕了我們。這個事實讓我再次體認到魄魔深不可測的恐怖，也印證了祂擁有強大的力量。

在八月來到尾聲的平日傍晚。

我和野崎在吉祥寺一家老派寒酸的咖啡廳窗邊座位並肩而坐。

「我到現在還無法相信……」

野崎低喃道，以指尖玩弄著冰咖啡的吸管，一口未動。即使佯裝平靜，還是明顯看得出他情緒亢奮。

午後，野崎突然打電話約我出來，我硬是向公司請了半天假。先回家一趟後，發現野崎和真琴在家裡等我。在他們的催促下，我換上便服，跟著野崎外出。

據他所說，第五位——最後一名人物是靈異界大名鼎鼎的業餘靈媒師。但是過去二十年來一律拒絕上媒體，不與媒體相關人員接觸。最近甚至開始懷疑天底下是否真的有這名人物存在。

在搭公車和電車來到咖啡廳的途中，以及進入店裡坐下後，野崎都以比平常還要快的說話速度，滔滔不絕地訴說這名人物種種的豐功偉業和逸事。

約定的五點半整一到，那名人物——逢坂勢津子便出現在我們面前。

「比嘉小姐，我是說姊姊。我是在高中時期認識她的。不管我說什麼，她都笑也不笑，我一開始還以為她是個怪人呢。不過，她根本超級脫線的，一本正經地語出驚人，我都被她嚇得心驚膽跳……」

逢坂是位豐腴的中年女性。個性活潑，經常哈哈大笑，聲音低沉，很愛說話。

野崎一開始很錯愕，算是傻眼吧，但立刻又恢復平常的從容態度，在逢坂滔滔不絕的閒聊空檔中，看準時機插嘴說明這次事件的梗概。一如往常，我幾乎不需要多加說明。

逢坂是個普通的家庭主婦，有三個小孩，丈夫是上班族，瞞著家人當靈媒。逢坂勢津子這個名字也是假名。

「就是啊，有一部美國電影裡面有說到：能力越強，後面那句話是什麼來著？話都到嘴邊了，就是想不起來。」

「您是在說蜘蛛人嗎？」

「啊哈哈哈哈！對啦！那是我的主義，算是方針吧。原來美國人當中也有這樣的人存在啊。我跟兒子看這部電影時，深受感動呢。」

「我認為您比他更了不起呢。我知道您的事蹟。」

「哎呀，是嗎？感覺很不好意思呢。」

逢坂在面前搧了搧她厚實的手。

當時間來到六點半，外頭暮色蒼茫時，話題終於進入正題。

「我不是隨隨便便攬下這件事的，我知道很危險。」

逢坂圓圓的臉上浮現柔和的笑容說道。

「可是啊，搞不好有我能幫上忙的地方。就算幫不上忙，我也會盡我所能。我一向都是抱持著這種想法走過來的，這次也是一樣。」

「非——非常感謝您願意幫忙。」

我低頭道謝後，她揮了揮手回答：「不用謝、不用謝。」

「而且呀，這間店該怎麼說呢？就像自己的場所一樣。叫什麼來著？不是房子……」

「您是指家嗎？」

「對。這家店好像都只有常客會來，但大家都很沉著安靜對吧。這裡很舒服，所以正好能集中精神。」

逢坂瞇起眼睛眺望店內，我也跟著重新張望。頂多三十平方公尺，採取間接照明的小廳堂。五張桌席、五人座吧檯席，坐的幾乎都是中老年的單獨客人，各自讀著書或抽菸。

「您說集中——」

野崎突然說道。他將身體微微向前傾，壓低聲音：

「該不會是……」

「沒錯，『馬上就要來了』。」

逢坂點頭。嘴角保持微笑，眼神卻很嚴肅。我繃緊全身。店裡播放的爵士樂，流淌在我們之間。

「請問田原先生是哪位客人？」

上方響起低沉的嗓音，我抬起頭。一名戴著眼鏡，頭髮髭鬚花白，看似店長的中年男子站到我們的桌位前。

「我是。」

我如此說道後，他遞出一張紙條告知：

「有您的電話。」

用手指示位於吧檯角落的黑色電話，邁步離開。

我攤開對折的紙條。素色的紙張上，以藍色的墨水寫著：

〈田原先生

志津來電

關於知紗一事〉

在尚未打開紙條閱讀前，我就已做好某種程度的心理準備。當然有一部分原因是因為逢坂的事先告知，另一方面是我也漸漸掌握到「祂」是以什麼手法呼喚、蠱惑人的。

不過，像這樣再次提到過世外婆和兩歲女兒的名字並在眼前出現，根本無法保持冷靜。當我擦拭不知不覺沿著下巴流下的汗水時，逢坂說：

「只是聽電話的話，不會有事。」

方才爽朗的表情已從她臉上完全褪去，渾圓柔軟的全身也緊張得像是凍結般僵硬。

「別回答就好。將話筒抵在耳朵，只聽不說。如此一來——」

逢坂聲音沙啞，一口喝光玻璃杯裡的水接著說：

「在祂一直說話的期間，應該會露出破綻。讓我——有機會封印的破綻。」

並以強勁的視線望著我。

「我留在這裡觀察那傢伙。集中精神，等待時機。」

我點頭，站起身。

野崎也同時站起來。

看我一臉困惑，他便拿出類似耳塞式耳機和隨身音樂播放器的東西，揚起嘴角說：

「這種求之不得的證據，怎麼能不錄下來呢。」

我揚起右嘴角擠出一個笑容後，走向吧檯。

我與野崎站在電話前。外公外婆家也是這種黑色電話。

我拿起放在旁邊，沉甸甸的話筒。

野崎將耳機般的物品裝在話筒上，另一端則塞進自己耳裡，以眼神催促我。耳機連接著他手中的錄音器。

我將話筒慢慢貼近耳朵。

當然沒打算說「喂？」這類的話。我還沒有驚慌到不小心脫口而出。不過，我卻在不知不覺間緊閉雙唇。

說是噪音倒顯得太安靜，但並非靜謐無聲。勉強能感覺到有細微的聲音從話筒的另一端『沙沙沙沙……』地輕撫鼓膜。

我豎耳聆聽。於是──

『……唔……在外面吃……過了……喲……』

從遠方傳來聲音，斷斷續續的聽不清楚──

是男人的聲音。

這是怎麼回事？我過去聽見的兩次經驗，都是女人的聲音。不過，野崎稱之為妖怪的非人存在，或許沒有性別之分。搞不好男女的聲音都能發出。

唐草也說過。「坊偽魔」和「撫偽女」有被認為是女性的說法，但也有並非如此的說法。Bogeyman是沒有形體的。

當我如此思考時，剛才傳來的微弱雜音戛然而止。

下一瞬間──

『……意想不到唄……現在才來接人，不覺得太晚了嗎？』

耳邊傳來一道虛弱卻帶著挑釁與嘲諷的老人聲。

聽不懂他在說什麼，但是聲音聽起來很熟悉。

不對。這聲音我小時候確實有聽過。

記憶的浪潮一湧而上，當我頭腦一片混亂時——

『拜託。咱一直在忍耐。忍了好幾年、好幾十年才活到現在。可是為啥、為啥要連咱……』

這次傳來聽起來像是老婆婆哭著在哀求的聲音。

這聲音也很耳熟。一股懷念的感情油然而生，又一閃而逝。

因為她從未對我這樣說過話。

剛才理應擦掉的汗，再次沿著下巴流下。全身冰冷發麻。

我能感受到野崎皺著一張臉，歪頭表示疑惑的氣息。

「這是……？」

他問。我瞥了一眼旁邊，輕輕點頭回答：

「我……『外公外婆』的聲音。」

野崎眉頭深鎖。

『營業部的田原是吧。請稍等一下……知紗的事？只要跟田原這麼說，他就知道了嗎……好的，我明白了……不好意思，您的大名是……』

一道活力旺盛的男聲從話筒傳進我的耳朵。

是高梨的聲音。

我一陣暈眩，話筒沉重如石。

這些聲音意味著一件事。

沒有確切的證據，也可能是人工製造出來的。但我只能這麼想。

那就是——「魄魑魔」正在用我的親人和朋友的聲音說話。

有人拍了拍我的肩膀，我連忙回過頭。

野崎用手指按住單邊耳機，輕聲問道：

「之前有發生過這種事嗎？」

我立刻搖頭否定。

「這是第一次遇到……而且，完全搞不懂是怎麼回事……」

「我也是。這不是在呼喚你，而是有其他的意圖。」

「其他意圖……？」

「只能這麼想了。」

「可是……」

當我正想提問時，話筒再次傳來微弱的聲音。

『……沒有開門……那是啥……？』

是小孩的聲音。畏懼、困惑與緊張的聲音。

尚未變聲的少年聲音。

想忘也忘不掉，那天那時，在那個家中發出的聲音。

我雙手抓住話筒。

『是騷擾電話啦。我在公司也有接到。大概是遭人怨恨了。』

男人的聲音。

裝作一副受夠了的樣子，藉以掩飾的聲音。

『吵死了！不過是生了一個孩子，有什麼好囂張的！』

同樣的聲音大聲怒吼。

驚慌失措、竭盡全力虛張聲勢，辱罵別人的聲音。

不對——不是「別人」。

那是對誰發出的話語，

又是從誰的口中吐出來的，

我早心裡有數。

「不是的，這是——」

當我轉頭說到這裡時，「田原先生。」野崎打斷我——

眼神冷漠地望著我，不帶任何情緒地低喃：

「我一點都不覺得驚訝，也不覺得奇怪。『早就猜想到可能是這麼回事了。』真琴一開始就提醒過您了。」

不是的。

我想要反駁，卻發不出聲音。

怎麼能只靠一句話就擅自解讀。

對話是有來龍去脈的。

我想要盡其所能地照顧香奈和知紗——

當我彙整零散的思考，挑選用詞時，野崎若無其事地問道：

「電話沒有再說什麼了嗎？」

我再次集中精神聆聽，又傳來微弱的雜音。

我們身後響起有人拉開椅子的聲音、茶匙碰撞的聲音。

店內播放的爵士樂。

店門鈴鐺叮啷叮啷響起的聲音。

液體滴滴答答滴落的聲音。

咻咻的破風聲。

「喂，那位太太！」

突然響起一道老人嘶啞的聲音，我和野崎同時回頭。

店裡的所有人全都望向我們之前所坐的窗邊座位。有幾人站了起來，有幾人則是抬起腰。

我循著他們的視線望去，立刻「噫！」地輕聲驚叫。

窗邊的桌位上，逢坂表情空洞地倚靠在椅子上。

那張圓臉蒼白不已，嘴巴難看地半開著。

身體的一半濡濕成黑紅色，桌面也充滿紅色液體，黏稠發光。

她的右手臂掉落在她的腳邊。

逢坂勢津子整隻右手臂被切斷，奄奄一息地坐在椅子上。

喀鏘一聲，我回過神。

野崎將話筒掛回黑色電話主機，又立刻拿起快速撥著轉盤，撥了一一九。

坐在店裡內側的中年男子，摀著嘴巴衝進廁所。

一名矮個兒老人，動作敏捷地跑向逢坂。

隨後一名年輕女店員拿著大量的濕手巾，奔出吧檯。

我在陷入恐慌的狹小店內，拚命動著不聽使喚的雙腿，與人相撞，來到逢坂身邊。

客人與店員合力抱起逢坂渾身是血的身體，試圖將她平放到地板上。即使在間接照明的燈光下，也能看見她的臉色越發蒼白。

對面突然有東西動了一下，我抬起視線。

看見一張女人的臉從昏暗的窗外窺視這裡。

我如此心想的瞬間，那張臉便縮了回去，消失在黑暗中。

黑髮、白面，形體不明。

只是，臉龐的下半部——嘴角和下巴，明顯染上一片通紅。

我頓時恍然大悟。

逢坂的手是被咬斷的。

我想起在公司一樓，襯衫一片鮮紅，蹲坐在地的高梨。

想起瘦成皮包骨，坐在病床上的他。

以及粗暴地拉上病房窗簾，宛如枯木的手。

喧囂闖入耳裡，我將視線移回店內。

野崎在不知不覺間加入客人，幫忙照料逢坂。

我連忙靠近橫躺在地的她，跪在野崎旁邊。

他察覺我的存在，按著逢坂傷口上早已染紅的浴巾說道：

「祂好像學聰明了。」

女店員從吧檯內部拿來一堆毛巾，扔到地板上。我隨便抓了幾條遞給野崎開口：

「故意把我們的注意力導向電話，然後……」

野崎點頭，彎起嘴唇。

「我們『上當』了。」

將新的毛巾按壓到逢坂的身上。

逢坂突然舉起殘餘的左手，顫抖著被血弄髒的粗白手指指向我。

我看著她的臉，她的眼神呆滯，視線不定。已經看不到我了。

「田……原先生……」

短短的指尖逼近我眼前，我戰戰兢兢地握住她的手。

逢坂吐著微弱的氣息開口：

「您……您的家人。」

如此說道後，便閉上雙眼，開始微微抽搐了起來。

人群騷動。野崎對某人說：「我陪她送醫。」

「田原先生！所以你——」

我站起來，不等野崎把話說完，便推開散亂的桌椅，衝出咖啡廳。

外面的天色已完全變暗。

我想起剛才從窗戶看見的光景。女人赤白的臉。

那張我目睹的瞬間便消失於黑暗中的臉。

我朝著大馬路狂奔。

踏著水泥道路前進，現在才會意過來。

那張臉不是消失，也並非離去。

而是前往——前往我家，去找我的家人。

不只電話，咬斷逢坂的手臂也是為了聲東擊西。

我怎麼能讓祂得逞！

我一邊奔跑，一邊拿出手機。

選擇自家的號碼，按下通話鍵。

鈴聲響到第五次時，『喂？』香奈接起電話。

「香奈，馬上帶著知紗出門。」

『咦？』

「最好有真琴小姐陪同。」

『等一下，為什麼——』

「去我老家。新幹線還有開，知紗狀況允許的話，搭飛機也沒關係。」

『這麼突然？』

「照做就是了！」

路人同時望向大吼的我。

不知不覺來到大馬路上。許多車輛亮著車燈，從我眼前呼嘯而過。

我發現遠處有一輛計程車駛來，大幅度地揮了揮手。

「你不說明的話——」

『祂——那傢伙去我們家了！』

「可是，沒跟你老家打聲招呼就隨便跑去……」

『那根本不重要好嗎！』

我大聲咆哮。能感受到香奈在電話那頭被我嚇得畏縮。

「走得越遠越好。去飯店還是妳朋友家都好，立刻離開家裡！」

計程車悠哉地在我面前停下。我用手撬開慢慢打開到一半的車門，一屁股坐進後座，告訴司機自家的住址。

當我將背部靠上白色座位時——

『我是真琴——「那個東西」正在往這裡靠近嗎？』

蘊含緊張的聲音從手機傳來。

「沒錯。逢坂太太是這麼說的。她、她——受了重傷。」

『怎麼會。』

真琴倒抽了一口氣。

「是真的。轉眼之間就被、被攻擊了……所以……」

『——我明白了。我帶她們兩人，你老家是在京都對嗎？』

她壓抑住感情，以冷靜的聲音如此說道。

「對。我不知道祂移動的速度有多快，這一點，妳恐怕比、比我還清楚。」

『我們立刻出門。』真琴立刻回答。『我也會通知我姊姊。她雖然沒辦法過來這裡，但我想她一定會幫我和您。』

「麻煩妳了。」

帶香奈和知紗到安全的場所。如果發生什麼事，請保護她們兩人。

我將所有的希望、要求和懇求，都包含在這句話中。

『您打算怎麼辦？』

真琴問道。

對喔，我沒有想過這個問題。急著搭計程車趕回家，在回家前先讓家人離開家裡，我回到空無一人的家中，到底要幹什麼？

我慌了手腳，倉皇無措。

拚命努力讓自己鎮靜下來，胡亂搔了搔頭髮——

「回家。收拾行李，把重要的東西帶走，再立刻出門。所以，妳們馬上去我老家吧。我隨後就跟上。」

好不容易想出妥當的應對。

『我知道了。那我們馬上出門。等您聯絡。』

切斷通話。我不知不覺幾乎是抬起腰，半起身地位於後座的正中央。透過後照鏡，發現司機露出一副覺得厭煩的視線。

我整個人往後靠在椅背上。

計程車行駛的速度慢得令人傻眼。我忍住想質問司機是否真的開往上井草我家的衝動，眺望窗外。

嗶嗶嗶嗶嗶。我的手機響起，在手中震動。

螢幕顯示「私人通話」的文字。

真琴剛才所說的話掠過我的腦海。

我想起她的白色手機在自己家中響起時的事情。

我按下通話鍵，將手機貼近耳朵。

『我是真琴的姊姊。您是田原先生嗎？』

話筒傳來富有穿透力，冷靜又帶點溫柔的聲音。

「我是。」

我回答。

『幸好趕上了。』

她輕輕吐出放心的氣息說道：

『要是您已經出門的話，我真不知道該怎麼辦才好。』

「這是——什麼意思？」我一問，她便先說了一句：『簡單來說，』

接著一口氣解釋道：『一旦您和家人會合，就會被「祂」察覺所在地。因為「祂」的目標是田原先生您。而且已經完全認出了您。花了二十多年終於找到了您。您絕對無法逃脫。』

我的手臂和背部冒出雞皮疙瘩。

『所以，您最好別跟家人見面。』

這次耳邊響起她冷若冰霜的聲音。

香奈和知紗平安無事是最好不過了。我由衷地這麼認為。

但不能看見她們的臉，令我感到不安。

在這種情況下，我想和香奈互相談心，來一場久違的約會。

想和知紗從早玩到晚。

「我必須畏懼著『祂』……一輩子獨自過活嗎？」

『那倒不是。』

她語氣沉穩地說道：

『如果成功的話，或許能夠再也不用生活在「祂」的恐懼之下。』

「怎麼說……」

『只要使用我知道的咒語……咒術的話，應該能夠將「祂」趕到遠方。不過——』

計程車行經道路崎嶇不平的地方，顛簸了一下。我瞥了一眼窗外。熟悉的景色。就快要到家了。

『——這必須靠您幫忙才行。』

「沒問題。」

我立刻回答。

雖然不知道我要幫什麼忙，但只要香奈和知紗兩人可以過上安穩的日子，就算要我斷手斷腳也在所不惜。

「要我上刀山下油鍋，我都願意。」

『並非是要祭鮮血或是拿靈魂交換那種危險的咒術。』

聲音始終正經嚴肅。她獨特的說話方式，令我分不清究竟是認真還是在說笑。

『利用家裡有的東西，設置簡單的結界。然後請您作為宿體，也就是成為咒術的媒介。必須承擔家裡的修繕費用，也會對身體造成臥床三天這種程度的負擔。您能接受嗎？』

「當然。」

『太好了。』

我的腦海裡浮現不知容貌的她微笑的模樣。

「這位乘客，請問要停在哪裡呢？」

司機問道。我透過擋風玻璃望向車外。

指示完下車場所後，對她說：

「我馬上要下車了。請問，通話……」

『不用掛斷沒關係。』她說。『到家後告訴我一聲，我教導您如何設置結界。不必著急。

「祂」還要花一些時間才會過來。』

計程車閃爍著危險警告燈，開始慢慢減速。

十五

『接下來就輪到我上陣了。』

她的話為我打了一劑強心針。我勉強鼓起勇氣，放輕腳步穿過走廊，走向玄關。

一鼓作氣地打開門鎖，不讓自己有時間猶豫。

感覺門馬上就會打開，冒出什麼東西來。這樣的恐懼嚇得我手腳不聽使喚，但什麼都沒發生。

面對著門，我在走廊一步一步往後退向客廳。

由於忘記打開空調，滿身大汗，難受得很。

『門鎖打開了嗎？』

我落坐餐椅的同時，她的聲音透過餐桌上手機的揚聲器，在房內響起。

「是的，總算打開了……」

難以發出聲音。比想像中還要消耗體力。

『辛苦您了，接下來只要等待就好。』

她如此說道，沉默不語。我也不知道該說些什麼，便一直凝視液晶螢幕「通話中」的顯示畫面。

空無一人的客廳，日光燈的光線顯得十分淒涼。

裝滿水的大小陶瓷器碗，隨意地擺放著。
開始在意起平常完全不在意，光線照射不到的角落暗處。該不會躲在電視後方吧？廚房沒發出什麼聲音吧？明知是心理作用，內心還是擅自騷動不已。甚至連牆上的時鐘聲都覺得刺耳。
我突然關心起逢坂。應該已順利送醫，我卻擔心她的安危，不對，是生死。話雖如此，我也無意切斷與真琴姊姊的通話，打電話詢問野崎。
「那、那個。」
我朝手機呼喚。
『有什麼事嗎？』
她回答。
「逢坂太太是否平、平安無事？」
我想她應該也能知道這類事情吧。腦海裡浮現心電感應這種可疑的詞彙問道。
沉默。毫無回應。也許是正集中精神試圖感應吧。當我這麼想時——
『不好意思——』
她依舊保持平靜地回問我：
『逢坂太太是哪位？』
咦？這句錯愕聲從我嘴裡脫口而出。我搞不清楚狀況。把逢坂、逢坂的聯絡方式介紹給我們的，不正是她本人嗎？

不對，我轉個念頭。逢坂勢津子好像是假名。我全部交由野崎代替我委託她幫忙。說不定真琴的姊姊並不知道她以逢坂的名義行動，而把本名告訴了野崎。

「呃，就是您介紹給我們的那個女……靈媒師。平常是個家庭主婦。」

我如此說明，望向手機螢幕。

她繼續保持沉默，一語不發。

嘟嚕嚕嚕嚕嚕。電話突然響起，我像個孩子從椅子上跳起。是室內電話，該不會——手機傳來她的聲音：

『不要接。』

果然如此。當我認同的瞬間，又想到其他可能性。

「不過，搞不好是我妻子打來的。也有可能是真琴小姐或去醫院的野崎先生。這支手機無法插撥。我先確認號碼——」

『是「祂」。不要接。』

「可是……」

『是「祂」。不要接。』

她機械性、不帶情緒地反覆說道。

不對勁。

我凝視著手機。覺得哪裡怪怪的，又說不出理由。只是直覺地認為她的發言不自然。這是怎麼回事？

不知不覺，電話響起進入留言答錄機的「嗶聲播號音」，停止鳴響。

〈田原先生，您在吧？不用接起電話，直接聽我說。〉

話機發出聲音。一道冷靜且強而有力的聲音。

與我對話到剛才的，正是那道聲音。

我動彈不得。

〈田原——〉

喀恰。響起機械性的聲音。室內電話的留言答錄機停止錄音。

能聽見的，只有我的心跳聲，與從喉嚨溢出的喀喀聲。

『——辛苦您了。』

手機發出她的聲音。

『雖然有人干擾，但這樣子就沒問題了。手續已全部準備完畢。』

聲音淡淡地接著說道。與剛才一模一樣的語調、音質，一切的一切都刺激著我緊繃的神經。

「這、這是……」我不顧聲音破音，繼續問道：「這是怎麼回事？剛才那是什麼情況？請妳解釋一下！這個咒術又是……」

我無法一口氣說完，當話語中斷的瞬間——

『我也——』

她發出聲音。

『——我也學會了各種招數，「學聰明」了。』

剎那間，我理解了一切。

我踢倒椅子，奔向玄關。途中絆到什麼東西，狠狠摔倒在客廳。身體也接二連三地撞到物品，一下子便渾身濕淋淋。

那些物品是我剛才信以為是結界的準備而擺放在地，裝著鹽水的陶瓷器碗。

原來真正的目的是為了讓我難以行走、不便奔跑。

除了咖啡廳的電話和攻擊逢坂以外，

把我一人留在這裡，讓我打破鏡子、收拾刀具——也同樣是「圈套」。

我中計了。

三番兩次地上當。

唔唔啊啊啊。我自然而然地發出呻吟。站起身想要走到走廊，卻旋即止住腳步。

因為玄關的門敞了開來，而且——

一個外表為人形的東西慢慢走了進來。

在幽暗之中，看起來像是個女人。長髮、灰衣。

沒有脫鞋就直接踏進室內。

不對。她沒有穿鞋。黑暗中隱約可見她的腳趾。她光著腳。

也沒有穿衣服。一絲不掛。整個身體是灰色的。

長相被頭髮遮住，看不見。

她無聲無息地在走廊上前行，朝我接近。

必須逃跑才行。

應該逃到壁櫥，找出菜刀嗎？

還是踹破陽臺，逃進鄰居家？

雙腳動彈不得，連回頭奔跑這麼簡單的事都辦不到。

『咭嘎吱哩……咭嘎吱哩……沙喔咿……沙㖼啊嗯……』

是女人的聲音。跟那時一樣，發出不知何意，聽起來只像是音調的聲音。

『打擾府上了。』

聲音連結成帶有意思的語句。

我當然沒有回應。無法回應，只有呼吸聲從喉嚨「咻咻」地漏出。

『打擾府上了。打擾府上了。打擾府上了……』

女人如此說道，並且一步一步地往我這裡靠近。

臉部一帶散發出朦朧的光芒。

不對，是被光線照射著。

在客廳的燈光微微照射下，她暗淡的臉上浮現一個、兩個黃白色輪廓，扭曲變形。

女人突然靜止不動。身體直立，輕微左右搖晃。

已經來到就要踏進客廳的距離，容貌和身體卻依然模糊不清。只是臉蛋的正中央一帶，照射出某種白色的東西。

『秀樹。』

女人呼喚我。

呼喚人，把人帶到山上的存在。外公害怕的妖怪。來自西方的妖魔鬼怪。

Bogeyman。坊偽魔。撫偽女。

「魄魕魔」

『走吧。』

不要。

『去山上。』

那是哪裡？

『大家都在等你。』

有誰在等我？

『「孩子」。』

是指誰？

『「孩子們」。』

是指誰？

『那是——』

女人逼近到我的眼前。

無數的黃白色物體凌亂地羅列在她的臉上。

有的尖銳、有的斷裂；有的長、有的短。

那些物體緩慢地排列成上下兩排，動了起來。

拉著絲，往外擴張到整張臉。

一股從未聞過的異臭撲鼻而來。

黏稠滑溜地動著。

我這才終於意識到。

位於我眼前的這些物體——

是牙齒。

我正在看的，是她的口中。

就在我如此心想時——

「唔唔啊，啊，太、太……遲、了，已——已經，不行了。住手。」

發出沙啞的聲音，

腦部直接響起「喀哩哩哩」的聲音。

當我察覺那是自己的頭部被啃咬的聲音時，瞬間失去了意識。

第二章
當事者

一

來到陽臺的我仰望天空。空中布滿薄雲，天氣陰霾。

黑色物體到處振翅飛舞。

是烏鴉。平常數量沒有那麼多。

我把從廚房拿來的切塊番茄空罐頭夾在腋下，點燃隔了十幾年買來的香菸。牌子是PIANISSIMO pétil menthol one。我選擇了低焦油量粉紅色的菸盒，淡而無味。只抽一根的話，不至於傷害知紗的健康，也不會被嫌臭吧。

我輕吸一口，將煙霧送進肺部。因為壓迫感和苦味，我立刻咳個不停。

即使如此，經歷從那天起至今的慌亂匆忙、糊里糊塗、脫離常軌的這段時間，已完全荒蕪的內心，還是會感覺有種沉靜、從容的情緒隨著煙霧滲透進胸口。

秀樹在這個家的客廳離奇死亡，已經過了兩個星期。

在不明所以的情況下，我被警察傳喚，看了秀樹的屍體、遭到問訊、告知司法解剖的結果，清理家中破碎的鏡子，安排葬禮，擔任喪主，完成守靈、葬禮、告別式和入殮。

這兩個星期內，我根本無暇思考，只是一個勁地處理眼前接踵而來的事項。

我將香菸捻熄在番茄罐中，暫時回到客廳。

將罐頭扔進廚房的垃圾筒，漱了漱口，進入和室，看著在被褥上睡覺的知紗的臉。

她發出呼呼的鼻息聲，半蓋著小被毯，一副睡得香甜的模樣。這個才兩歲的孩子，肯定不明白死——而且是父親的死，意味著什麼意思吧。雖然我很感謝她在葬禮上乖巧沒有吵鬧。

我幫知紗把小被毯蓋好，望向角落的佛龕。

價格最實惠的質樸佛龕，擺放著秀樹的牌位和遺照。

照片上的他露出安穩的笑容。我喜歡他這種微笑的表情。

不過，那已是往昔——知紗尚未出生前的事情了。

「叮咚」，門鈴響起。

我知道來者是何人，因為對方有事先聯絡。

我確定知紗正在睡覺後，望向設置於走廊入口牆上的液晶螢幕。

果然是那兩人沒錯。

我直接走向玄關，打開門。

身穿喪服的野崎和真琴向我深深鞠躬。

「實在非常抱歉，守靈與告別式未能參加。由衷深表哀悼。」

抬起頭的野崎如此說道後，再次低下頭。

「別這麼說。」我握著門把，輕輕搖了搖頭回答：

「非常感謝兩位百忙之中抽空過來。」

這句話從守靈夜至今已說了幾百次。

「這次真、真的——」

真琴抬起頭，輕聲開口，又立刻沉默。她的嘴唇在顫抖，眼睛和鼻子一片通紅。頭髮是黑色的，莫非是戴了假髮？還是染黑了呢？

「別說了。」我再次搖頭，「很熱吧，先進來再說吧。」

我請他們進門。

真的無所謂。用不著在意髮色，也用不著流淚。我由衷如此心想：真的沒必要為了那個人這麼做。

光是發現秀樹的屍體，幫忙報警，我就已經十分感謝他們了。

也許是怕吵醒正在睡覺的知紗吧，兩人一語不發，到佛龕上香，雙手合十。真琴吸了好幾次鼻水。

我將倒入冰麥茶的茶杯放到兩人面前，坐到餐桌的另一端後，野崎端正姿勢，以沉痛的表情說：

「這次的事情，我也有責任。」

嘴角總是浮現的嘲諷笑容，今天卻無影無蹤。

「不對，是我害的。」

真琴搖頭反駁。「如果我再、再更可靠一點，就不會發生這種事情了……」

「請你們不要道歉。」

我以客氣的語氣回答。

「我明白發生的是無法以普通常識之類的來理解的超常事件。也早已聽外子提過這種事情從很久以前就發生過好幾次了，並因此而結識你們兩位。不過，我沒有打算責怪你們。」

真琴否定般地再次搖頭，提高音量說道：

「所以說，如果我一開始見面時就立刻展開行動的話……」

「真琴。」

野崎一把抓住她的肩膀。

她抽抽噎噎地閉上嘴巴。淚水沿著她白皙的臉頰流下。我側耳聆聽。

關上門的和室傳來「哇啊啊」的微弱聲音。知紗被驚醒了。

我抱起知紗來哄，目送三番兩次低下頭來的兩人，關上玄關的門。

真琴穿鞋時，我看見她的後腳跟。大概是穿不慣樂福鞋吧，她的後腳跟被磨得通紅。

我回到客廳。知紗在我懷裡哭泣，也許是在被真琴的聲音嚇醒之前，做了惡夢吧。據說做夢的時間看似很長，實際上卻只有快要清醒時那短短一瞬間。

我的內心還有餘裕思考這種事情。

我用臉頰蹭了蹭知紗的頭，在客廳、廚房與和室間來回踱步。天空依舊白雲遮日。有好幾隻烏鴉在天上飛舞。我這才會意過來，是真琴招來的。

我在不知不覺間接受了這種靈異、非科學的現象。

最大的原因應該是因為這個家中發生過許多事情的緣故吧。

秀樹也落得那種下場。

在遺體安置所看見的他的屍體，幾乎整顆頭和右半邊的臉都被挖空。

我沒有暈厥，也沒有嘔吐。但也無法正視秀樹那只剩半邊的土色扭曲臉龐。

警方似乎推測也有可能是犯罪事件，朝這方面著手調查，但別說證據了，連類似的證言都沒出現。不過也不可能是意外事件。據說至今仍在繼續搜查。

不知道人壽保險的理賠金會不會下來。

當然，就算得到理賠金，也不夠支撐我和知紗未來的生活。

我必須工作。不知道能否找到工作。

必須將知紗交給別人照顧。不知道能否找到好的幼兒園或托兒所。

有許多必須思考、必須去做的事。懷中的知紗依然哭個不停。

但我卻不怎麼煩躁、沮喪或自暴自棄。

我對秀樹死狀淒慘一事，感到震驚，不願接受這個事實。但卻對他死亡這件事本身，完全不覺得悲傷、失落。

我再次透過窗戶望向窗外。不知是否雲層比剛才更厚的關係，天色陰鬱昏暗。

但我的心情反而可說是舒暢、開朗。

因為秀樹已經從這個家消失。

我可以不必再配合他養育小孩了。

二

「恭喜妳，我們兩人一起養育這個新生命吧。」

結婚半年得知懷孕後，我告訴秀樹。

他如此說道，摸了摸我的頭。

我很開心。

父母嗜酒成性，並未給予我家庭的溫暖，我還沒有做好生小孩、當一個母親的心理準備，更別說是養育孩子了。因此聽見他說這句話時，我心情輕鬆了不少。

然而現在的我卻想對那天那時喜極而泣，感到慶幸的我說：

秀樹根本無法減輕妳任何的負擔。

反而壓得妳喘不過氣，痛苦不堪。

仔細回想起來，生活中到處充滿了徵兆、能推斷出這個人的本性。

我最先想起的，是知紗出生時的事。

我陣痛得大叫，醫生卻告訴我這還不是真正的產前陣痛，替我注射了各式各樣的促進陣痛劑。疼痛越來越劇烈，我開始大吼大叫著一些莫名其妙的話。

半夜，終於聽說已經進入真正的產前陣痛，但子宮頸卻遲遲不開，我躺在分娩檯上張開雙腳，因不知何時才能結束的劇痛而哭泣，不斷哀求醫生乾脆剖腹生產算了。醫生們應該有解釋為何不改成剖腹生產的原因，但我已不記得了。

午後，知紗終於出生時，我宛如一具空殼，只是看著眼前皺巴巴的嬰兒淚流不止。那並非母性或慈愛那類偉大的情感。不過是我突然放心下來、心神恍惚罷了。

秀樹從公司趕來，是晚上的事了。

我和已經變得熟稔的護理師閒聊，雖然身子虛弱，但大概錯在我不該笑吧。

他一看見我，便傻笑地一口斷言道：

「啊啊，生孩子很輕鬆嘛。」

我頓時僵住笑容，一句話也無法反駁。

感覺比內心更深處的地方，一下子冰冷凍結。

當然，這件事還不是壓垮我的最後一根稻草。如今看來反而像是個笑話。

男人絕對不了解陣痛、分娩的痛苦。假如能體驗相同的痛苦，男人肯定會耐不住疼痛，活活痛死吧。更別說女人一個月一次不得不承受的生理痛了。

這種事情在各種地方都能看見、聽見。像是網路報導、育兒圖文書，或是無聊的閒話家常中。

所以，當時秀樹的態度與話語漸漸地便流於稀鬆平常的結局之一。女人苦笑著抱怨：男人都是這副德性啦，這種感同身受的話題。

接下來想起的，是同居時期的春天發生的事情。

我得了重感冒，在家臥床一整天。

「我會盡量不造成妳的負擔的。」

他面帶笑容如此說道後，便出門上班。我又是發冷又是反胃，難受得很，一直在被窩裡呻吟。

天色變暗，燒退了一點，也不那麼想吐時，肚子突然餓了起來。秀樹會做晚餐給我吃嗎？還是會買東西回來給我吃呢？他不下廚，應該是後者吧。就算是便利商店的熟食或什麼都好，我想趕快果腹。

我在陰暗的房間獨自等待他的聯絡或歸來。

秀樹回來時，是晚上十點。

「怎麼了？」

他粗線條地問道。我艱難地擠出聲音回答：

「我肚子……餓了。」

「不會自己煮來吃喔？」他如此說道後，環顧房間一圈詢問：「妳沒打掃房間嗎？」

我怔怔地搖頭。

「秀樹，你吃過了嗎……」

「吃過了。」

他挺起胸膛，坦然地笑道：

「我不是說了會盡量不造成妳的負擔嗎？」

我撐起難受的身子，踉踉蹌蹌地走到廚房，將海底雞和美乃滋拌一拌，塗在吐司上烤來吃，就這麼站著吃。

我想應該吃了三片吧，但半夜又感到不舒服，把吃進肚子裡的全都吐了出來。

關於這件事，我也在自己內心做了妥協。應該說是反省吧。

認為是自己的溝通不足才導致那樣的結果。我也有錯——不對，錯的人是我。

拜託他買晚餐回來這種小事，就算感冒了還是能輕易做到。不拜託他，自己傻傻等待，是幼稚的撒嬌行為。

總歸一句，就是「自作自受」。

我的記憶來回游蕩，最後抵達新婚旅行那一段。

我們在曾是秀樹外公老家的K車站下車。沒有什麼目的。秀樹從以前起跟我一起出門時，就幾乎不會安排行程，也不會決定明確的目的地。

這是常有的事。常聽別人抱怨自己的男朋友或老公做事沒有計畫，令人頭疼。

不過，我只要跟秀樹在一起就夠了。實際上，新婚旅行跟過往的生活一樣開心。

在子寶溫泉的大廳聽到他說想要小孩時，感覺我的頭腦和身心彷彿就要破裂一樣，不禁流下淚水。我出生以來頭一次想要不顧他人眼光緊緊擁抱他。我拚命壓抑住這股衝動，擠出話語：

「我也——想要你的孩子。」

秀樹穿過男浴池的布簾，不見身影，我望向掛在眼前牆上的大板子，試圖讓心情平靜下來。

子寶溫泉的由來

傳說這個K地區，自古以來便是農村地帶，村民耕田，採拾山野間的樹果、山菜，過著自給自足的生活。

2005年進行挖掘工程時湧出溫泉。溫度攝氏四十二度，含有鐵分的褐色溫泉，不僅水量豐富，成分也完全符合溫泉法的規定，因此隔年秋天便以「子寶溫泉」開始營業。

「子寶」這個名稱，是來自於鄰近山腳下的一座老舊石碑所刻的文字。

根據調查，發現那座石碑至少是江戶時代以前立起的。據鄉土史家的研究所言，石碑上的文字很可能是以前的地名或山名。

本溫泉稱之為「含鐵泉」，富含許多鐵分，除了一般溫泉擁有治療跌打損傷、關節疼痛等效果外，據說也對體質冰冷、貧血等症狀特別有效。

此外，還有調整荷爾蒙平衡的功效，關於婦科病、月經不順這類女性特有的症狀，也有望獲得高度改善。

用「有望」這種模稜兩可的表達方式是怎麼回事？

大概是避免客訴吧。要宣傳溫泉的療效也不是一件容易的事呢。我如此心想，立刻發現自己已冷靜下來，便走向女浴池更衣處。

想不到更衣處和浴池都早已有其他客人存在，讓我感到不知所措，不過一旦浸泡在褐色的溫泉後，那些事情便在不知不覺間被我拋到九霄雲外。我用雙手擦拭從額頭自然冒出的汗水，一邊漫不經心地眺望著蒸氣繚繞的浴場。

檜木浴池與岩石浴池。表情猙獰的青銅龍像，嘴裡吐出溫泉。

正在清洗身體，手腳修長的人，年齡大概三十五歲左右吧。

對面脖子以下泡在溫泉裡，有如祈禱般低著頭的中年女性，是當地人嗎？

等我意識到時，已經比想像中泡得還久，便連忙跳出浴池。

當我在更衣處擦乾身體，彎下腰打算穿內褲時——

「不好意思。」

響起一道嗓音，隔壁的置物櫃被戴著黑色皮手套的手拉開。

我面向那裡，一名嬌小的女性對我說了聲抱歉，行了一禮後，將一個大型雙肩背包塞進置物櫃。一頭黑色短髮，一張脂粉未施的臉，冷漠得面無表情，看起來既比我年長，也比我年少，也像與我同一個年代的。

我退後半步，確保空間，一邊穿內衣褲一邊以眼角餘光不著痕跡地偷看她。她穿著黑色長袖的POLO衫與牛仔褲，打扮樸素。

她從背包拉出毛巾和小包包，夾在腋下後，以流利的動作脫下手套。

我瞪大雙眼。

她的手背和指尖紅紅白白。白色的部分攣縮，紅色的部分則隆起，兩個部分都帶有光澤。是蟹足腫。恐怕是燙傷留下的痕跡。

我不禁抬起頭，把手套和小包包塞進置物櫃的她，自然大方地掀起POLO衫。

她的背部傷痕累累。一道巨大的傷痕從她的右肩一直延續到她的左側腹部，一條長長的傷痕沿著她的背脊直直落下，她的腰上有一個大約十圓硬幣的圓形傷痕，無數細小的傷痕或直或橫或斜地塞滿縫隙。她的手臂和肩膀也有蟹足腫。上臂浮現一個全新的瘀青。

脫下胸罩的她，彎下腰褪下牛仔褲。大腿、小腿、小腿肚也布滿密密麻麻的傷痕。當她的手撫上內褲的同時，我連忙將視線從她身上挪開。

心臟噗通噗通作響。我似乎忘了呼吸，喘不過氣來。我發現身體感到涼意，便顫抖著手穿起衣服。

我不太清楚她為何會傷痕累累。但猜想的到。

是受到暴力──DV，家暴。肯定是她的男友或是丈夫。

想到這裡，我發現一件事。我盡量以自然的動作環顧四周。

遠處頭髮花白的女性、剛才離開的微胖年輕女性。

正在吹乾頭髮，臀部扁平的女性。透過鏡子，可看見她一臉苦惱的表情。

這時我才終於明白。

原來子寶溫泉這個名字，有別於它的由來，代表著另一種含意。

板子上所寫的「婦科病」這三個文字，意味著什麼。

對子寶這個詞彙最扎心卻也最渴求的人——

便是不孕的女性。

我不認為當天現場所有的人都是不孕婦女。但是，沖洗身體，長手長腳的女人、坐在浴池對面的女人、臀部扁平的女人。

以及隔壁遍體鱗傷的女人，恐怕都是——

我突然覺得對於秀樹的聯想與提議，單純感到歡喜的自己有多麼地幼稚，內心不太好受。

我連頭髮都不吹乾，小跑步前往大廳。單手拿著洗臉用具，打開女浴池的門，那傷痕累累的小小背部，從我的視野一閃而過。

秀樹坐在沙發角落。脖子掛著毛巾，手上拿著空牛奶瓶。臉蛋光滑的他，發現我後，舉起瓶子，開心地說道：

「咖啡牛奶。」

我勉強回以笑容。

前往車站的路上，在紫色晚霞的天空下——

「吶，秀樹。」

「嗯？」

秀樹望向我。

我撇開視線，望向天空，再次看向他後問道：

「要是我生不出小孩，你會怎麼辦？」

秀樹一臉驚訝，立刻誠摯地抿起嘴，盤起手臂沉默。只有兩人的腳步聲不停作響。

等看到車站時——

「嗯，到時候啊——」

秀樹牢牢注視著我的雙眼，表情爽朗地說道：

「我會全力支持妳治療。」

語氣和視線都堅定不移。

該不該在這時認真和他溝通呢？即使起口角，讓新婚旅行鬧得不愉快，有些事還是不能退讓吧？

不過，我還是選擇不破壞當下快樂心情的旅行方式。

對秀樹抱持的突兀感，在知紗出生後一口氣爆發開來。

辦完出院手續回家後，餐桌上擺放著堆積如山的書籍。有大開本的、小型記事本尺寸的、厚的、薄的。

每本書的封面都大大刊登著嬰兒、表情幸福的男女照片或插圖。

「這是……」

「嗯，是育嬰的書，算是教科書吧。」秀樹笑了笑，「畢竟我們初為人父人母嘛。」

他一臉欣喜地如此說道。

他推薦我，應該說是命令我事先閱讀這些書，並且立刻實踐。每晚他一下班回家，便會質問我當天課題的書本內容。不對，說是「口試」或許比較貼切。

照顧不分晝夜吵著要喝母乳，號啕大哭的知紗，已精疲力盡的我，哪有時間看什麼書。

當我答不出問題時，秀樹便會遺憾地嘆息，然後立刻展露笑顏，把知紗從我手上剝下——

「那妳看書吧，知紗交給我照顧。」

把知紗搖來晃去，逗著她玩。也不管她在哭在鬧。我受不了他的作為，打算把她搶回來時，他露出一臉不可置信的表情說道：

「不是說好了兩個人一起養育小孩嗎？」

我想大聲痛罵他，告訴他我一整天是如何忙著照顧知紗。

在他呼呼大睡的期間，知紗依然會哭著要喝母乳。餵她喝完母乳後，她還是一直不睡覺。他有幹勁是很好，但完全沒考慮到實際的狀況。

不過，我選擇置若罔聞，而不是表明憤怒。跟新婚旅行時一樣。我只是想避免爭吵，讓雙方陷入尷尬的情緒。

我現在才覺得當時的想法太膚淺了。應該更早想辦法解決，不放任事態嚴重下去才對。

三

秀樹死後，過了一個月。

我決定在附近的超市兼差。高中畢業後，這是我第三次在超市工作。某種程度是基於比較熟悉工作內容這種簡單的理由。

幼稚園不能隨便亂選，但也沒時間慢慢找。我不打算拜託秀樹老家的公婆照顧知紗。獨生子的死似乎對他們造成相當大的打擊，而且兩人明顯地將痛苦和悲傷發泄在我的身上。

他們怪罪我的理由大致上是下述幾點：

秀樹會死得不明不白，不都是因為媳婦不在家嗎？

兒子跟媳婦之間應該有什麼問題吧。

那天，媳婦帶著孫女突然不請自來，而且又說不清楚原因，也難怪他們會起疑心吧。況且還帶著一個染著粉紅色頭髮的年輕女孩同行，我能強烈感受到他們一頭霧水的情緒。

我不打算向他們詳細的解釋來龍去脈。

秀樹被妖怪、魔物盯上。

然後被那傢伙殺了。

如果這麼說，他們肯定覺得我編這什麼愚蠢的謊言，要不然就是覺得我腦子有病吧。

我其實也不想相信。但是眼前發生許多離奇的事件，逼得我不得不相信。若是發現其他常見、極為普通的原因，我肯定會毫不猶豫地選擇相信那一邊吧。

說到代為照顧知紗的幼稚園。

評價高的地方大多價格昂貴，但價格實惠的地方通常評價不佳。價格和評價都無可挑剔的地方，絕對擠不進去。

走投無路的我，只好拜託那兩個人幫忙。如今秀樹不在，他們可說是毫無關係的陌生人。

恢復粉紅髮色的真琴，以及似乎比以前更加投入調查妖怪的野崎。

真琴每天都會來家裡。野崎則是至少一星期一次會和她一起過來，報告妖怪的調查結果，或是在真琴的邀請下，一臉嫌麻煩地陪知紗玩。

我沒有打算要利用他們的好意，但很感謝他們讓我有更多時間來選擇幼稚園。

而且，知紗很黏兩人，尤其是真琴，這也讓我感到很開心。

知紗非常怕生。如果在路上遇到陌生人——比如說喜歡小孩的老年人攀談，她就會緊抓著我，把臉藏起來。如果對方長相可怕的話，有時還會嚇得哭出來。帶她去看布偶裝秀的那一天，她嚇得號啕大哭。

真琴和野崎是少數能讓知紗打開心房、放心一起玩耍的人。

「這是伊勢神宮的劍祓，能保佑家庭平安。」

九月底的傍晚，野崎遞給我一個用折成雙刃劍形的白紙包裹住，約二十公分長木條神符的物品。紙上用毛筆寫著「天照皇大神宮」這幾個大字，並印著尊貴的朱印。仿劍紙張的前端部分，用墨水塗成一片漆黑。

「同樣是三重縣，而且伊勢神宮算是日本神社的元老，應該比其他地方的護身符更靈驗。正確的做法是擺在神龕上，但佛龕也無所謂吧。」

他揚起嘴角笑道，但眼神嚴肅正經。

「這代表——那東西可能還會找上門嗎？」

我詢問。他望向趴在客廳陪知紗玩的真琴。

她維持原本的姿勢仰望我們，正色回答：

「不知道。但是難保祂不會再找上門。」

然後立刻綻放笑容，抱起知紗，對她的側腹部搔癢。知紗大叫，笑得樂不可支。

野崎開口說道：

「最好先擬定對策。雖然不清楚『祂』是以何種基準盯上人類。但『祂』知道您和您女兒的名字。」

我想起那天從電話傳出的中年婦女聲音。聲音確實呼喚了秀樹和我的名字。

「可是，知紗她……」

「田原先生公司的人有聽『祂』提過。而且還是您女兒尚未出生，沒有公開名字前就知道了。」

這是怎麼回事？我毫無頭緒。

「我也不知道。」

野崎乾脆爽快地說道。

「不過，這一件事也能證明『祂』是超自然的生物吧。用有別於我們的感覺或是方法，來獲得這邊的情報……」

話題從途中開始，與其說是在對我說話，他的語氣更像是在對自己說明。野崎將視線落在客廳。

真琴抱著知紗縮成一團。知紗在她的懷裡張著嘴睡著了。

「小孩子總是能玩到一半就睡著呢。」

她一臉歡喜地望向野崎。野崎沒有回答，再次看向我說：

「我們能做的，頂多只有避免讓『祂』接近妳們母女兩人。隨隨便便的護身符和避邪符會被輕易地突破。您已經見識過兩次，應該明白吧。所以——換句話說，這就意味著如果無法突破，『祂』便沒辦法接近。再怎麼非科學、超自然的事情，還是可以用邏輯來思考對策。」

野崎望向我手中的劍祓。

「我和真琴想要好好保護妳們兩位。」

「謝謝你們。」

我只能回答這句話。我明白他說這些話的意思，也很開心他擔心我和知紗的這份心意。所以才對他「見識過兩次」的這句話刺痛內心。

兩人離開後，我把知紗抱到和室的棉被上睡，接著開始準備晚餐。昨天剩下的燉南瓜、洋蔥多肉絲少的薑燒豬肉，還有豆腐海帶味噌湯。小黃瓜、萵苣和小番茄，就做成沙拉吧。

可以聽見知紗可愛的打鼾聲。晚餐做好後，就立刻叫她起床吧。還是等她自己起來呢？不行，太晚讓她吃晚餐的話，對健康和生活習慣都不好。

我思考了我和知紗的事、我們母女往後的人生。

同時也想起被秀樹奪去的過往時間，以及親手撕裂、切碎護身符那天的事。

四

知紗出生後的隔年起，秀樹開始到處買護身符和避邪符回家。明治神宮、靖國神社、淺草寺、神田明神、井草八幡宮、深大寺、東京大神宮、大宮八幡宮、增上寺……數十個都是保佑家庭平安和消災解厄的。客廳、和室、玄關、廁所，五顏六色、色調刺眼的小布袋和用毛筆寫著尊貴話語，印上莊嚴印章的紙張布滿了我們家。

「買這麼多要幹嘛呀？」

我盡量隨意地問道，避免發出嘲諷的語氣。秀樹笑答：

「保護家人是我這個當父親的職責啊。」

我也不是不明白那種想要依靠神靈加持的物品好讓自己安心的心情。如果外出的地方有神社寺廟，我也會想要投香油錢合掌拜拜。只是，這未免有些過頭了吧。

搞不好是受某個「奶爸之友」的影響。當時的我如此心想。

我們在同一棟公寓和附近的公園認識了幾對夫妻，他們的小孩歲數都跟知紗差不多，我們會交流一些爸爸經、媽媽經。秀樹立刻便和其他父親打成一片，交換聯絡方式，休假時會約出來聚會。沒碰面的日子似乎也經常發電子郵件、推特、LINE來聊天。

我本來就對社群網站沒什麼興趣，私底下也頂多偶爾會跟住在附近公寓的津田太太——梢見面而已。因為我們年齡相同，感覺價值觀也有些相近。除了她以外，我和其他人關係不怎麼親密，最多就是在公園遇見時寒暄兩句罷了。現在也依然沒有改變。

並非是因為我不擅與人打交道。我無意怪在女兒頭上，但真正最大的理由是不想看見怕生的知紗畏懼別人、緊張的模樣吧。

但我還是被秀樹帶去參加過幾次家裡有幼兒的爸媽聚會。

碰到一對面熟的夫婦。

「我是田原的妻子，名叫香奈。」

「我是土川。」

「我是他的太太淳子。」

他們開心地自我介紹道，伸出手要和我握手。我回應他們的要求。

「您從事什麼工作呢？」

丈夫問道。

「感覺很像女強人呢～工作非常幹練的樣子。」

太太自己一個人說得很高興。

「我……」

「啊，這傢伙啊，一直在超市當鐘點工，我一知道她懷孕，就立刻讓她辭職了。畢竟那種地方要拿很重的東西嘛。對吧，香奈？」

抱著知紗的秀樹凝視著我。

「是、是啊。」

我勉強吐出這句話。

「這樣啊。那麼，超市的上一份工作是什麼呢？」

「我在池袋的……」

「她在小酒館打工啦，好像待了三年。管理排班什麼的，被委以重任，也有機會成為正職員工。但這傢伙骨子裡討厭跟人交際，說什麼不喜歡開朗的氣氛，就辭職了。那家連鎖店還滿正派的，在業界頗受好評。真是可惜呢。」

「是、是啊……」

基本上就是這種情況，幾乎不讓我發言。

討厭跟人交際這句話根本完全是誤解。秀樹一直這麼認為，但我只是不喜歡別人說話滔滔不絕、做什麼事都愛形影不離罷了。

簡單來說就是距離感的問題。不管再怎麼親密的對象，我都希望保持一定的距離。

秀樹就不一樣了。與意氣相投的朋友感情融洽地久聊，在網路上與人簡單交流，盡量共同擁有多一點時間、場所與價值觀。這對他而言，似乎才是適當的人際關係。

秀樹學他們開始經營起部落格，頻繁在網路上發布知紗和育兒的事情，也是自然的過程。動不動就拍下知紗的照片，立刻上傳。

六日的傍晚到晚上，便會在客廳擺放矮桌，打開筆記型電腦，花時間寫文章。有時候還會在螢幕面前修改好幾個小時。

當然，那段時間也是我一直在照顧知紗。偶爾知紗靠近電腦時，他還會一副不耐煩地推開女兒：

「爸爸正在做重要的工作。知道嗎，知紗？喂～香奈！」

然後叫我過去。

有一段時間他說想要做斷乳食品，買了一堆食譜書回來。

還曾經去有機食品店，雙手抱了一堆一根高達三百圓的胡蘿蔔、一把七百圓的菠菜、國產的高級雞胸肉和其他各種食材回來。

用普通的鍋子就夠了，卻特地從國外的網站訂購昂貴的紅色牛奶鍋，說什麼能製作剛剛好的分量。

「她都不怎麼吃呢。」

做了兩次左右，他便不再踏進廚房了。接下來就變成我的責任。剩下的大量高級食材，用來煮我們極為普通的飯菜，好不容易才消化完。

知紗快要滿兩歲的幾個月前，秀樹休假時的傍晚到晚上這段時間，開始頻繁地與其他奶爸聚會。有時候平日下班後也會直接跑去聚會。

雖然他說是「開會」，但回到家時他總是滿臉通紅，一身酒臭。

他假借報告的名義，逼我聽他說各式各樣的育兒經。沒有報告時，他一定會和知紗玩。即使是晚上十一點、跨日也一樣，只要知紗還沒睡，他就會抱著她甩來甩去，追著她到處跑，喀啦喀啦地推倒積木。

「媽媽獨占女兒不好喔，會離不開女兒喔。」

我提醒他一次後，他一本正經地如此說道。我想說的明明是噪音和知紗生活習慣的事。

我開始覺得疲憊。

「只要把老公當作是另一個大孩子就好了啦。」

梢如此說道，笑了笑。

星期六傍晚。

我在梢夫妻家，和她一起聊天。秀樹這天假日要上班。

她丈夫帶他們的孩子玲美和知紗去公園玩了。

「如果是孩子的話，就不會那麼容易發脾氣，反而還會覺得可愛吧。」

「說得也是。」

我回答。我覺得她說得很有道理。

所以，之後的幾天，我也能以寬宏的心胸對待秀樹。

秀樹疼愛知紗，享受育兒的樂趣。

知紗也一天一天成長。

這是件幸福的事。我的家庭很美滿。

我決定抱持積極樂觀的想法。

不過，這樣的心態並未持續太久。

我的情緒在那一天爆發。

一個星期前，我和梢就已約好那天晚上要在她家一起共進晚餐。跟玲美感情不錯的知紗也迫不及待。既然秀樹說他會晚歸，我也覺得偶爾上別人家做客沒什麼關係，而有些期待。

『對方突然生病，所以延期了。我會提早回家，晚餐就拜託妳了。』

秀樹在電話的另一端如此說道。

「之前已經約好今天要到津田家吃晚餐了……」

當然，我將這個安排告訴了秀樹。應該說，從知紗出生後，我大大小小的事情都必須詳細向他報告。

『那種事取消就好了吧。』

秀樹不以為意地說道。

「可是，他們已經準備好了，知紗也……」

『對知紗來說最重要的，是家人的愛吧。』

這句話說得一點兒都不錯，是無庸置疑的正確言論。但是，不應該用在這種狀況。我整理情緒和思慮——

「等我們下次三人一起吃飯時再說不就好了。何況，幾乎每個六日你都有陪她啊。所以，我覺得偶爾也必須跟朋友、周圍的人交流。」

我好不容易表達出我的看法。

傳來唉聲嘆息的下一瞬間——

『香奈妳真是太善良了，竟然顧慮這種無關緊要的小事。』

秀樹發出憐憫的聲音。我完全聽不懂他在說些什麼。

「咦，這、這是什麼意思……」

『我是說，妳是覺得對津田夫婦很不好意思吧？竟然還考慮到他們那種人的心情，妳真的太善良了。』

他們那種人？我將到了嘴邊的話又硬生生吞了回去。

我沒有立刻回答。秀樹似乎誤以為代表他說中了我的心聲。

『這種善解人意，說得難聽一點就是懦弱，也會對知紗有不良的示範。』

「…………」

『津田家那邊我來跟他們說。今天就我們一家三口在家度過吧。』

「…………」

『沒問題啦。就算跟在麵包工廠上班、租房子住的人斷絕來往，對知紗也不會產生任何影響，用不著擔心。』

我掛上電話後，蹲在於客廳塗著色本的知紗面前。

「今天要在家裡跟爸爸、媽媽三個人一起吃飯了。」

知紗停止著色的手，望向我。猛力地搖頭說：

「不要。我要跟玲美玩。」

「對不起喔。下次再跟她玩。」

「不要。」

知紗將蠟筆摔到圖畫紙上，紅色蠟筆彈到我的膝蓋。我拿起蠟筆，盯著知紗看。她小小臉蛋上的大眼泛起淚光。

「對不起喔。今天爸爸說要陪妳盡情玩耍。」

知紗臉朝下，再次搖了搖頭。留長的黑髮隨著動作飄逸，眼淚滴滴答答落在圖畫紙上。我默默看著吸水的部分發軟、變皺。

「我討厭爸爸。」

過了一會兒，知紗看也不看我地說道。我將臉湊近她的額頭——

「為什麼？爸爸最喜歡知紗妳了喲。」

只說出實話的部分。

「爸爸……好可怕。有可怕的味道。」

知紗發出細小如蚊，勉強可聽見的聲音，如此回答。

可怕的味道。

我忍住差點要哭出來的衝動，緊抱知紗小小的身體。

小時候——尚未上小學之前，我也曾在父母身上感覺到「可怕的味道」。

現在我明白那是酒味。他們喝醉了。

兒時的我不了解從粗暴的父親和哭喊的母親身上散發出來的那種甘甜、刺鼻的味道。只是一個勁地感到恐懼、噁心和悲傷。

知紗也對酒味感到懼怕嗎？

還是對秀樹的汗水和油脂臭味感到戰慄呢？

我抱著她小小的身軀，撫摸她的頭，直到她停止哭泣。確認她好不容易平靜下來後，我發出開朗的聲音，隨便說幾句話，一邊收拾圖畫紙和蠟筆，站起來打算準備晚餐。我注意到秀樹擺放在沙發一隅的筆記型電腦，便雙手抱起，想說暫時先放到電視櫃角落，結果有東西從闔起的筆電縫隙飄落。

掉到地板上的，是幾張水藍色和綠色的小紙片。是名片。而且全是同樣的名片。是誰的呢？

我拿起來仔細察看。

名字上這麼寫著：

〈暖洋洋的天氣在召喚，

今天也與孩子一同玩耍。

田原家庭董事長

奶爸上班族

田原秀樹
ikumen officer
HIDEKI TAHARA
東京都杉並區上井草五丁目××
Bellissima上井草302
090△△△△●●●●
Ikumenhideki@××××〉

背面則寫著：

〈藍天　白雲
小鳥鳴叫　從軟綿綿的被窩一躍而起
來！　脫下睡衣　出門去
挖沙坑、建迷宮　穿越攀爬架森林
就能看見　媽媽的笑容和三明治

「孩子的大冒險」作：田原秀樹

我們奶爸將為孩子們創造出無可取代的未來〉

我一屁股癱坐在電視櫃前。

全身無力，無法站立。連做晚餐的心情也消失得無影無蹤。

當我在照顧知紗、做家事的期間，秀樹竟然寫了這種詩，做了這種名片，發給奶爸朋友「發著玩」。

我的腦海浮現秀樹在和奶爸之友們「開會」時，滿心歡喜遞出名片的身影。

「我是奶爸上班族，田原。」

他如此說道，這次則是畢恭畢敬地接下對方的名片。

想必那張名片上也羅列著大同小異的語句吧。

眼前自鳴得意的文字因淚水而扭曲。手指加強力道，綠色和水藍色的紙片彎曲。

原來我是在配合他玩這種遊戲嗎？

知紗是為了這種事情而出生、成長的嗎？

對秀樹來說，養育小孩就是到處發放這種紙片嗎？

嗚嗚嗚嗚的低音從某處傳來。那是從我嘴裡發出的聲音。我哭了。大哭大叫。

「媽媽。」

知紗的聲音聽起來非常近並帶著憂慮。以她孩子的腦袋絞盡腦汁，擔心我的聲音。

我已經受不了了。

我抓起手上的名片，使勁全力撕碎，扔掉。

知紗放聲大哭。

「吵死了！」

我大聲咆哮。咆哮之後，站起來俯看知紗。

知紗呆立不動，哭得滿臉通紅。尖銳的哭聲貫穿耳朵。

「吵死了吵死了吵死了！吵死了！」

我摀住耳朵，跑向玄關，一踏進走廊便立刻止住腳步。

走廊牆面上掛滿密密麻麻的護身符和避邪符。玄關跟門離得好遠。

我回頭望向客廳，填滿牆壁和家具縫隙般擺放的一堆護身符，強烈動搖我的視線、神經和心靈。

這裡是監牢。我心想。

被秀樹的自私包圍的牢籠。

我和知紗是他的階下囚——不對，是奴隸。

我抓起附近電話檯上的護身符，粗暴地拉扯繩子，用蠻力打開袋子。繩子發出啪嘰啪嘰斷裂的聲音後，我抽出袋裡的符紙，猛力撕破。別說平息我內心的情緒了，反而越來越激動狂暴。

我跑到廚房，拿起廚房用的大把剪刀回到客廳，接二連三地刺向牆上的護身符。知紗害怕不鏽鋼刀刃鏗鏗刺進牆壁的聲音，哭喊得更大聲。

剪刀刺進袋子，一張一合地剪碎。要是刀刃被布料纏住而停止，就用手指揑住，撕裂。我沉溺其中。回過神時，發現我已將護身符、避邪符一個一個地四分五裂，並將碎片扔得到處都是。

「啊啊啊啊啊啊！嗚哇啊啊啊啊啊啊！」

知紗的叫聲響徹整個家中。

不對。不是知紗的聲音。她的聲音沒有這麼低沉。

這是我的聲音。是我在大叫、吶喊。

即使察覺到這一點，我也無法停止從喉嚨自然發出吼叫，不停揮舞手臂和剪刀，一味地剪碎家裡的護身符。

不知經過了多久。當我回過神後，已經待在廚房。

我抱著知紗蹲坐在廚房一隅。

客廳昏暗，是我關掉電燈的嗎？只有廚房的日光燈寂寥地照射著我和知紗的皮膚。

手邊躺著剪刀。

知紗還在哭泣，我也淚流不止。

完蛋了。我如此心想。

等秀樹回來，質問我家裡為何會變成這副模樣時，我打算老實說出來。

應該說，我完全想不到如何掩飾。

我會被趕出這個家嗎？一定會吧。

而秀樹勢必會再找一個新的女主人，和知紗三個人生活。

我已經不能再見到知紗了，再過一會兒就要離別了。

我緊緊抱住知紗。知紗在我懷中號啕大哭。

我分明已做好心理準備，然而秀樹回家看到我的時候，卻沒有立刻吐出話語。

「我……我……」

「發生什麼事了？」

秀樹的手指置於我的肩上。我的身體竄過一陣惡寒，覺得害怕。

我立刻將剪刀藏在身後。

在腦海的一隅覺得還好知紗哭累睡著了。

「這、這是……」

眼淚又在眼眶打轉，嘴唇止不住顫抖。這時，秀樹以堅信的口吻說道：

「有什麼東西——來了對吧？」

「咦……」

我聽不懂他在說什麼。不過，我緘默不語。秀樹似乎誤會了什麼並極為深信不疑，以致於推測不出是我幹的。那份意念既強烈又可怕。

看著秀樹臉色蒼白緊張的表情，我直覺如此猜想。

隨後發生的事情我毫無頭緒，拚命絞盡腦汁，甚至臆測「秀樹該不會外遇了吧」。不過，從他對電話傳來的女人呼喚聲感到異常恐懼的模樣來推斷，並非只是惹上麻煩的女人這種程度的事情，而是更大、更令人費解的問題。

事到如今我終於明白，秀樹當時是在害怕妖怪。

雖說無法以常理來判斷，但就現狀而言，我也姑且相信了那類生物的存在。

護身符在我們面前被撕裂。秀樹的頭部和臉部被挖空，死亡。

把這些事歸咎於是妖怪幹的好事，是目前最符合邏輯的想法。

這世上有許多謎題是科學無法解釋的。

我真心感謝野崎和真琴，也想盡量協助他們調查。

可是那一天撕破護身符的不是妖怪，而是我本人。

本來打算找一天坦白的，卻完全錯過了時機。

我並非沒有罪惡感或內疚感。

但也想說，如果能推到妖怪身上也無所謂。

就算背黑鍋，妖怪也不會生氣。我腦海裡冒出如此愚蠢的想像。

只要知紗就這麼平安無事、健康成長的話，我會一直隱瞞下去；如果迫不得已必須坦白的話，鼓起勇氣說出事實就好。我如此心想——

嗶嗶。嗶嗶。

警告音迫使我回過神。洋蔥、薑片和豬肉絲在眼前的平底鍋上微微悶燒。

危險。我先關掉爐火，再開火，一邊攪拌平底鍋底的東西，一邊畫圓澆上醬油。現在的爐具只要鍋子超過一定的溫度，就會發出警告。真是幸好。

我提起精神繼續做菜。味噌汁已經做好了，沙拉也能立刻準備完畢。接下來只剩加熱燉南瓜就大功告成了。

當我感受著飢餓感，一邊完成最後階段時——

「………哩。」

傳來細小的聲音。

是知紗。大概在說夢話吧？還是已經醒來了呢？

我將薑燒豬肉盛到盤子上後，微微打開和室的門。

看見知紗在燈泡的照耀下，仰躺著睡覺。

嘴巴張開，持續吸吐的呼吸聲——

「……沙喔咿……沙㚢啊嗯……」

發出斷斷續續的話語。

在說夢話，不帶任何語意的可愛夢話。

我幸福得忍不住莞爾一笑，從冰箱拿出燉南瓜，放進微波爐微波。

五

我在超市的後方，從回收箱拿出裝著保特瓶的袋子綁好。空罐也同樣綁好。牛奶盒則是塞進紙箱。全部積放在手推車上，放到停車場回收業者停的車輛附近。

看了看手錶，下午五點。今天的工作已經做完了。

我在其他兼職人員嘻嘻哈哈閒聊的休息室兼置物室裡，收拾東西準備回家，打完出勤卡後，迅速衝出超市。領班的北澤約我去唱歌，但我鄭重地拒絕了。對方一定認為我是個不上道的新人吧，但我不在意。

重要的是知紗。今天真琴也幫我照顧女兒。

當我在大馬路上朝著家裡前進時，手機響起。我先將休息時間買的裝有食材的袋子放在地上，從褲子口袋拿出手機。

有人打電話過來。液晶螢幕上顯示「唐草大悟」。

『如果您有空的話，要不要一起吃個飯？當然，知紗也一起帶過來。』

唐草先生發出有些不好意思的聲音如此說道。

我是在秀樹的葬禮上第一次見到他。他表情沉痛地上香，一副對秀樹的死大受打擊的樣子。據野崎和秀樹所說，他似乎對那個妖怪有某種程度的了解，事實上他五官深邃的臉龐鐵青無比，一副感到懼怕的模樣，看起來確實不像是單純失去一個老朋友的態度。

「不好意思，我已經做好晚餐了。」

我說謊拒絕。雖然我坦率、好心地判斷他的提議是出自於對故友家人的善意，但我不見得要輕易地答應他。

『這樣啊……那麼，下次有機會的話請務必賞光。』

「好的，如果時間有辦法配合的話。」

我掛掉電話，抱起購物袋，邁開步伐。

這已經是我第三次拒絕他提出用餐的邀約了。

我現在才感到後悔，一開始是不是不該打電話給他。

「請問，昨天外子——田原是不是有到您府上叨擾？」

我曾經打過一次電話詢問他秀樹的去向。他在電話的那端停頓了一下，隨後爽朗地回答：

『是的，我約他來這裡——我家聊天。』

當時的我，萬萬沒想到秀樹是在害怕妖怪，但也難保他不是出軌。在知紗快要出生時，我曾經接過秀樹打來的電話，但我一接起他卻劈頭就說：『抱歉，我掛了。』反過來掛我電話。這是我起疑心的其中一個原因。

我幾經猶豫、思量後，從寄給秀樹老家的賀年卡上查到唐草先生的聯絡方式，決定打電話給他。

『田原不是會出軌的那種人。』

唐草先生突然透過話筒冒出這句話。我吃了一驚，連忙答道：

「啊，不是，我打電話來的用意並非……」

『失禮了。不好意思，如果讓您感到不愉快的話，我道歉。』

他非常過意不去地說道。似乎在電話的另一頭低頭賠罪。

「我才是，不好意思冒昧打電話給您。」

我也向他道歉。理應到此為止才對。

但最近唐草先生突然開始打電話來約我吃飯。

一直拒絕，會不會給人觀感不佳？

但我完全不想和他一起吃飯。

我只要有知紗就夠了。真琴和野崎是例外中的例外。不過是因為知紗需要他們，我才繼續和他們來往。

天色昏暗，我一個勁兒地走在開始閃耀著車頭、車尾燈和交通號誌的大馬路上，持續朝家裡前進。

打開玄關的門後，真琴和知紗並排在一起，在走廊上滑動爬行著前進。發現我回來後，知紗撐起上半身，大喊：「我們在裝蛇！」接著繼續滑動爬行。

真琴立刻站起來，幫我拿購物袋。

我請她留下來吃晚餐，她笑著拒絕，說是要打工。她和知紗握了好幾次手，便揮了揮手回去了。

「我在高圓寺一家普通的小酒吧打工。」

她沒有告訴我店名。或許是認為告訴我一個小孩子不能去的店，對必須無時無刻照顧知紗的我有失禮節吧。

我也沒有進一步詢問。

晚餐是馬鈴薯燉雞肉、小松菜炒櫻花蝦、白蘿蔔味噌湯。

知紗不怎麼愛吃飯，聽說這年紀的小孩大多有這種情況。不過，我依然耐著性子溫柔地說服她，花時間餵她吃。

洗澡時，知紗告訴我她和真琴玩了什麼遊戲。雖然有許多地方不清楚具體到底是怎麼玩的，但聽起來無疑是玩得非常開心。我隨口附和：「太好了呢。」「真琴姊姊人真好。」「知紗好了不起喔。」一邊清洗知紗的身體。要讓洗頭時也想說話的知紗閉上嘴巴十分費力，但過程還是很快樂。

我在洗臉檯前擦拭知紗的身體，幫她穿上睡衣，用吹風機吹乾頭髮。當我把梳子放到她的頭髮上時，知紗瞇起雙眼，在新安裝的鏡子前露出滿意的微笑。

心情就像是千金小姐一樣吧。我追溯遙遠的記憶，一邊用梳子梳理女兒柔順的黑髮。

我把知紗抱進被窩，唸故事書給她聽。她最喜歡的《地獄裡的宗兵衛》。故事的內容是描述下地獄的主角們發揮生前的專長，克服折磨，讓閻羅王目瞪口呆，最後送他們回人世。插圖畫得十分駭人，有些地方也很詭異，但知紗似乎很喜歡這種大快人心的故事。

先唸過一遍給她聽，再回頭指出插畫的細節，隨便解釋一下，再把故事加油添醋說給她聽，她便不知不覺進入夢鄉。

恰到好處的疲勞感。我忍住想直接入睡的衝動，站起來打算走向廚房。

「看吧，這不就沒事了。」

和室突然響起一道粗糙的嗓音，我抖動了一下，連忙回過頭。

穿著睡衣的知紗坐起身子望著我。

雙眸瞪視著我，卻沒有聚焦。小小的牙齒露了出來，一條口水滴落在棉被上。

「知紗……？」

當我正想走近女兒身邊時——

「那是當時最好的方法。我已經竭盡全力了！」

知紗如此說道。嘴裡吐出的並非她的聲音。

我知道這句話出自誰的口中。

因為那是秀樹曾經對我說過的話。

「別說了！」

我一把抓住知紗的身體，使勁搖晃。雖然不明白是怎麼回事，但知紗顯然用和秀樹一模一樣的聲音，再三重複秀樹曾說過的話。

知紗小小的頭不斷晃動，視線慢慢集中在我身上。跟剛才不同，是知紗平常的眼神。

「媽媽……」

知紗低喃。

「知紗，妳怎麼了？」

我問道。雖然有滿肚子的疑問，但我還是先問她這一句。

「爸爸來過了。有爸爸的——味道。」

知紗如此說道，搓揉著眼睛。

「這是什麼意思？」

我再次詢問後，知紗一臉睏倦地說：

「他說到山上一起玩。」

就這麼靠在我身上。

發出「呼呼」，睡得香甜的鼻息聲。

我將知紗放倒在棉被上，走向客廳。

最好聯絡一下野崎。

「山上」這個詞很耳熟。據野崎所說，秀樹外公的出生地有一種令人畏懼，會把人抓到山上的妖怪。

莫非是妖怪再次找上門了嗎？就算不是，也多多少少有所牽連。

況且，知紗一瞬間失去自我的行徑，令我無比不安。

我拿起餐桌上的手機，一邊開啟聯絡人名單，一邊想著知紗，還有秀樹的事。

我想起知紗頭部受傷那一天的事。

以及秀樹針對那件事，對我說過的話。

六

在秀樹的提議，應該說是命令下，我把知紗也一起帶去參加他和其他奶爸的聚會。在暮色蒼茫時精疲力盡地回家後，我著手準備晚餐。客廳傳來電視和知紗到處跑來跑去的聲音。

我先用酒和胡椒鹽將牛肉片調味，再用蠔油下去炒，與蔬菜拌在一起時，聽見知紗在哭。哭聲越來越激烈。

「知紗。」

我呼喚知紗。她不僅沒有停止哭泣，還越哭越大聲，哭天搶地。情況不對勁，我如此心想，因為她從來沒有哭得這麼誇張。

「孩子的爸。」

我呼喚秀樹。「嗯。」他發出無力的聲音。

「怎麼了？發生什麼事了？」

「沒有——」

他拉長尾音。我關掉爐火，走向客廳。

秀樹表情空洞地呆站在客廳中央。

知紗則倒在餐桌旁，號啕大哭。

她的頭部和臉龐染上了鮮紅的液體。地板上也蔓延著紅黑色的汙漬。

知紗的腦袋流出大量的血液，吶喊著求助。

「知紗！」

我衝向知紗，將她摟進懷裡。儘管衣服沾滿了血，身體不住顫抖，我還是伸手檢查知紗頭部的傷勢。

額頭髮際的地方裂了兩公分左右的傷口，血流不止。大概是撞到桌子，或是被什麼東西劃傷了吧。

「快叫救護車！」

我抬起頭對秀樹大吼。秀樹沒有回答，慢吞吞地走到電話檯。

「快點！」

我邊吶喊邊把痛得大吵大鬧的知紗放到地板上，到盥洗室拿毛巾。

「喂？是，我要叫救護車。」

秀樹以平靜的語氣朝電話說話。

我們三人一起搭上救護車，來到急診室後，知紗立刻被送進了手術室。我和秀樹在走廊等候手術完畢。我全身顫抖，站立不住倚靠著長椅，縮起身體，凝視手術中的燈光。秀樹則呆站在原地，怔怔地眺望著窗外。

「你為什麼沒有馬上叫救護車？」

我問道。秀樹沒有望向我的臉回答：

「妳鎮定一點——這種時候才更要冷靜。」

我的情緒瞬間爆發。下意識地站了起來。

「冷靜？女兒都受重傷哭個不停了，放著不管就叫作冷靜？要是我繼續做菜，知紗不知道會怎麼樣？」

「我……」

他說話音量變小。當我說出「我聽不見」的瞬間——

「像我這種笨手笨腳的人隨便亂碰她，情況肯定會更糟的啊！」

秀樹大聲咆哮。聲音在醫院昏暗且空無一人的走廊上迴蕩消失。

我懷疑自己的耳朵是否聽錯了。反射性地回答：

「所以——你就放著不管？不採取任何行動，直到我發現為止……？」

「那是當時最好的方法。我已經竭盡全力了！」

秀樹的臉色鐵青。瞪大的雙眼眼角一顫一顫地抽動。

他的動作讓我越來越不愉快，我也不甘示弱地吼了回去：

「知紗都受傷跌倒了，什麼都不做叫作最好的方法？呆站著看女兒頭破血流，號啕大哭，叫作最好的方法？」

秀樹沒有回答。只是擺出一副欲言又止的態度，將眼神挪開。他的一切令我難以忍受。

「你——要向其他奶爸炫耀這件事嗎？要挺起胸膛，擺出一副父親楷模的樣子，到處宣傳嗎？還是要打一篇長文上傳育兒部落格？」

「吵死了！」

秀樹再次咆哮。緊接著吼道：

「不過是生了一個孩子，有什麼好囂張的！」

我頓時一把火燒上來，火冒三丈到想不出話回罵他。就在我想要扯開嗓子隨便大吼大叫，大鬧一場的瞬間，手術室的門「碰」一聲用力打開。

「請兩位冷靜一點。」

身穿手術服的醫生取下口罩，發出宏亮的聲音說道：

「令千金平安無事。雖然傷到腦袋，又大量出血，但不礙事。也幾乎不會留下傷疤。」

醫生一口氣說完後，「呼」地吐了一口氣。

我全身無力，癱坐在長椅上。

「看吧，這不就沒事了。」我沒有漏聽秀樹輕聲低喃的這句話。

不過，當時的我已經沒有精力回嘴了。

後來聽知紗說，受傷的原因是「跑著跑著撞到桌子」這種極為常見的情況。我曾懷疑過是不是秀樹推開或撞飛知紗，害她受傷這種最糟糕的情況。因此聽到真正的原因時，著實鬆了一口氣。但我還是無法原諒秀樹，更別提愛他了。

我明顯地對秀樹感到厭惡。

我確定秀樹會對我和知紗——我們這個家庭造成傷害。

「快點收拾行李搬出去住不就好了。」

提到這種話題時，肯定會有人這麼回答。

梢就是如此。換作是其他心地善良的人，勢必也會如此建議吧。

事實上我也認為就某種程度來說，這是個還算實際的解決方法。

但是我無法認同。

為什麼搬出去總是女人、母親、妻子呢？

理由非常明顯。

因為家這個單位，是建立在丈夫——男人的所有物這種價值觀之根基上的。

妻子、女人，以及孩子，不過是借住在那裡罷了。

法律也是以這種價值觀為前提，戶主通常是丈夫。

我不認同。

我的身心不認同。

因為知紗是我的孩子，是我生下來的。

知紗是我的女兒。這個家、這個家庭是屬於我的。

應該消失的是秀樹才對。

我開始產生這種想法。

這時，真琴和野崎開始到家裡來玩。

之後發生了幾件不可思議的事情，

秀樹就真的消失了。

七

「我在想，護身符是不是被鈍掉的刀具那類的東西切碎的？」

真琴這麼說道。

十月下旬，星期五下午。超市的工作只有上午排班。

我和真琴對坐在桌子前，品嚐著野崎做的烤乳酪蛋糕，搭配買了好一陣子的立頓紅茶。

知紗和真琴玩著玩著便睡著了，我讓她躺在和室睡覺。

「是野崎查出來的嗎？」

我詢問後，真琴便回答：

「聽說是拿到認識的鑑識專家那裡去請對方調查。對方好像是教授，還是以前當過教授的樣子，總之是個大人物。」

竟然還認識鑑識方面的人物，靈異撰稿人的人脈還真是奇妙。

「類似鈍掉刀具的物品，說得還真是籠統呢。」

我苦笑後——

「野崎說，專家也只能那麼說了吧。」

真琴也輕輕笑道：

「大致上來說，據說最接近的是牙齒。」

「牙齒？」

「也就是說，是咬碎的。」

真琴說。

護身符明明是在眼前裂開、破碎的。

檢查的結果卻是牙齒咬碎的。

果然是妖怪搞的鬼吧。不是這世上的生物所幹的。

我嘆了一口氣。

「野崎覺得很遺憾。」

真琴突然冒出這句話，我不明白她說這句話的含意，望向她的臉。

她目不轉睛地凝視我的眼睛，輕聲說道：

「他說要是第一次護身符被破壞時的碎片有留下來的話，他也想調查看看。」

當時發生那件事的隔天，我就全部清掃掉了。

況且，當時秀樹還不認識野崎。而且也尚未跟任何人商量。將野崎、真琴和生前的秀樹所說的事情依照時間順序來排列後，得到的結果便是如此。所以事到如今再來懊悔也於事無補——

我突然驚覺，回望真琴的雙眼。

那雙又大又溫柔，充滿強烈意志力的雙眼。

感覺那雙眼正直視著我和我的內心。

我深信不疑。

她和野崎大概已經發現了。

至少起了疑心。

懷疑我和秀樹兩人的關係其實並不好。

真琴像是看穿了我的心思，輕輕點了點頭說道：

「妖怪、幽靈這類的東西，通常都會乘虛而入。」

「乘虛而入？」

「像是家人之類產生嫌隙，或許應該說是鴻溝比較好吧。」

她蹙額顰眉地挑選措辭。

「如果有鴻溝，就會召喚那種東西過來。」

「是這樣嗎？」

我問。

「光憑那種唯心論般的論點，就能促使妖怪的世界轉動嗎？」

「我也不知道呢。」

真琴一本正經地說道。

看起來不像是在裝傻或敷衍。

我想她是真的不知道。

只是憑經驗而得知的結論。

「可是，該怎麼說呢？不知是碰巧還是偶然，確實都會往不好的方向發展。」

真琴說。這是什麼意思呢？

我問她。她沉默片刻後說道：

「大家在不知不覺間，結果是往壞的方向發展。我沒有辦法具體知道是誰做了什麼動作所導致，但大概能感受到事態是否越來越壞。」

我和秀樹相處不好。

我受不了他，破壞了護身符。

所以妖怪容易入侵。

是我，是我們導致事態越變越糟的。

我在腦海裡整理這個家中所發生過的事情開口：

「所以，妳才來我家的嗎？」

「是的。」

她點頭，綻放笑容說道：

「只要氣氛變得溫和、愉快又開朗，結果便完全不同。事情會往好的方向發展。」

只要氣氛愉悅就好。心情開朗就沒有問題。

真是單純的理念。單純到令人以為是在騙小孩嗎？我如此心想。

不過，這也是其中一個事實吧。

因為沒有人會渴望一個陰沉鬱悶的家庭。

比起不快樂，當然是快樂比較好啊。

「說得也是。」我輕聲笑道。「不過，這才是最難做到的吧。」

我如此說道後，真琴回答：

「真的很難。」

將視線落到桌上。

她看起來不像是在開導我的樣子。

而是她自己體認到這件事的難度，一副心有戚戚焉的樣子。

「一開始跟知紗玩，真的很開心。」

她開始娓娓道來。

「可是，玩到一半便痛苦了起來。就連像我這種明知道只要讓氣氛溫和、愉快的人都感到痛苦不已。根本沒辦法放開心胸。」

「怎麼說？」

我追問道。

「因為會想到自己。」

真琴說。從剛才開始視線就一直停在桌上。

「受苦的明明是這個家，知紗也真的很可愛，可是我卻沒來由地難過了起來……然後就……」

她吸了一下鼻子，接著說：

「腦子裡想的全是自己的事。還對野崎——發脾氣。」

說完後，眼眶濕潤的抬起頭。

「對不起。」

她連忙擦拭眼睛。眼妝糊掉了，眼周一團黑。

「如今……那個妖怪可能還會找上門，我必須保護妳們才對，卻……」

「沒關係，我完全不在意。再多說一點。」

我說。

至今找不到好的托兒所，一直承蒙真琴幫忙的我，希望至少能傾聽她的心事。

我內心還有這點餘力。

總不該因為妖怪可能找上門，就無時無刻心驚膽戰吧。

「不了。」真琴搖搖頭，「我是來保護這個家——」

「說嘛。」

我面帶微笑，催促她：

「了解彼此的事情才有助於讓事態往好的方向發展吧。總比不了解好。」

我看真琴沉默不語便說：

「我想妳早就察覺到了，我跟秀樹一直處不好。因為在知紗的事情和養育小孩的方式上意見有所分歧。有嫌隙——鴻溝是事實。」

本來想讓她說出心事，意識到時，自己卻主動提起家務事。

「我覺得那個人——秀樹重視育兒勝過孩子。我對他感到厭煩，卻無心溝通。只是默默地憎恨秀樹、希望他消失。」

真琴稍微抬起視線，望著我。

「從妖怪的角度來看，一定破綻百出，到處都是可乘之機吧。我不是很清楚，但老實說，秀樹過世後讓我鬆了一口氣。我想從今往後我一定能好好養育知紗。妳所說的鴻溝，應該已經不存在了。」

感覺一直堆積在體內的東西，一點一點地排出。

「我想——也是。」真琴輕聲說道。「這個家比我剛來時，感覺澄澈許多。也看得您和知紗感情融洽。真是令人羨慕。」

「羨慕？」

我重複突然冒出的詞彙。真琴咬了咬嘴唇後，有些落寞地莞爾一笑說道：

「因為我——生不出孩子。」

嗡嗡嗡嗡嗡嗡。桌上真琴的手機震動。似乎是顧慮睡覺中的知紗，而調成震動模式。她呼吸了一口氣，觸碰液晶螢幕說：

「我開擴音喔。」

接著立刻傳來野崎急迫的聲音：

『真琴，馬上在那裡布下結界。』

明顯欠缺平時的冷靜。

「怎麼回事？」

真琴問道。野崎沉默片刻後——

『被唐草陷害了。』

唾棄般地說道。

唐草先生？怎麼會扯上他？當我感到納悶時，『不只如此。』他接著說。

『還發現有關「祂」的新傳說。雖然難以斷定是原始史料，但上面是這麼寫的：「魄魑魔」不只會呼喚人，將其擄走或吃掉。有時還會利用父母或兄弟姊妹的音色，「引誘小孩自己上山」。前幾天在電話聽到的知紗的狀況，顯然就是如此。「祂」——也能遠距離攻擊。知紗現在就被盯上了。』

我立刻站起來，拉開和室的門。

「知紗！」反射性地大喊。

陽臺的窗戶是打開的。

而知紗正打算爬上欄杆。

一道小小的身影快如飛箭地通過我的身旁。是真琴。她一把抱住知紗，護著她，以背部跌落陽臺的地面。

「好痛……」

真琴發出呻吟，懷中知紗的身體抽動了一下，頭部以不自然的角度望向我。

只剩眼白的雙眸瞪視著我——

『不是說好了兩個人一起養育小孩嗎？』

口中吐出秀樹的聲音。

「爸爸？」

知紗的臉龐突然恢復成平常的表情。真琴儘管痛得呻吟，依然緊緊抱住知紗的身體。

『恭喜妳，我們兩人一起養育這個新生命吧。我會全力支持妳、支持妳治療。』

知紗又再次翻起白眼，發出秀樹的聲音說道。

『治療、治療。咖啡牛奶。咖啡牛奶。咖啡牛奶。我隨便隨便隨便亂碰她，情況肯定會更糟的啊！』

「滾出去！」

真琴大叫。一邊吶喊，一邊在知紗的身體前方雙手交握。以指尖觸碰銀色戒指。

『真琴。』

知紗抽搐的嘴巴，這次發出女人的聲音。沉穩、強勁帶有穿透力的聲音。

「姊姊……？」

真琴表情僵硬。

『妳不聽我的話嗎？』

聲音──真琴姊姊的聲音，以嚴厲的口吻說道。

真琴的手放鬆。知紗掙脫她的手在陽臺上爬行。手腳交互向前，像蜥蜴一樣，速度快得令人難以置信。我連忙跑到陽臺。

知紗在陽臺角落站起來，轉頭看我。

抽搐的眼白與扭曲的笑容直視著我，令我無法靠近，僵在原地。

「知……知紗！」

我呼喚後，女兒嘴裡便流下黏稠的口水——

『知紗是屬於我的——哪能交給只是生下她的女人。』

發出秀樹的聲音說道。

這種狀況令我惑到困惑。這是秀樹的——魂魄在說話嗎？還是妖怪模仿秀樹的話語和思考方式在說話呢？

無論如何，從知紗口中吐出的秀樹聲音、話語，動搖著我的心靈和腦袋，令我不得動彈。

「閉嘴！」

真琴大叫。我回過神。她起身的瞬間，便從牛仔褲屁股的口袋掏出某樣東西，扔向知紗。那樣東西纏繞住知紗的手和身體。那是黑色和橙色的線編織在一起的細繩——繩結。前端繫著重物，藉此來纏繞東西。

真琴雙手抓住繩結，輕聲吟誦。知紗的身體跳了一下，表情瞬間恢復成平常的知紗。但右眼又立刻翻成白眼。

知紗小小的身軀生硬、嘎吱地顫抖。張開的口中——

『喔啊啊，啊，啊……』

不知不覺間發出沙啞、分不出是男是女，嘶啞痛苦的聲音。

『……痛，好痛……好痛……』

知紗臉部扭曲，咬緊牙關。

口裡吐出大量的泡沫。

我反射性地朝陽臺踏出一步。

我聽出剛才並非知紗的聲音。頭腦明白那並不是知紗在表達痛苦。

但是，我還是難以忍受。我又踏出一步，靠近真琴身邊。

「知紗！」

「不可以過來！」

真琴沒有望向我，大聲吼道。雙手緊緊抓住繩結不放。知紗與她之間緊繃的繩結不停顫動著。

知紗的身體再次大幅度起伏了一下——

『咕嗚啊啊……啊啊，啊……』

從口中擠出特別響亮的聲音後，雙腿無力頹倒。兩眼閉起，嘴巴也放鬆力量。

真琴快速衝向前，一把摟住女兒的身體。

知紗全身癱軟，渾身無力。

不過，倒在真琴肩上的臉龐，已恢復平常的表情。嘴巴微開，吐出呼吸。

應該趕走了吧。總之沒事了吧？

知紗突然睜大雙眼。

「……啊啊，啊，窗、窗……」

她胖嘟嘟的小手繞過真琴的身體——

「戶……開開……進來……」

眼神渙散，發出詭異的聲音。

真琴回過頭望向我，視線立刻挪向旁邊。

她注視的前方是陽臺敞開的窗戶。

「……窗戶開著——『有辦法進來』。」

真琴茫然地如此說道。

欄杆外猛然出現兩道黑影。是手！暗灰色的大手和長長的指甲抓住欄杆。

真琴立刻轉了一圈到我身邊，遞出知紗。我蹲下接過。眼角餘光看見抓住欄杆的長長指甲使勁，兩手之間又爬上一道漆黑的影子。

黑色長髮，中間是紫色的，扭來扭去在蠢動——

那是嘴巴，張大狀態下的口腔內部。

發黑的巨大舌頭吐出垂下。

「快逃！」

真琴吶喊的同時，將我推向屋內。我抱著知紗背部著地，從背脊一路痛到全身。我呻吟著勉強站起來後，陽臺的窗戶在我眼前「碰！」地用力關上。那一瞬間——

窗戶的玻璃上鮮血四濺。

紅色的飛沫接二連三地逐漸覆蓋玻璃，視野染成一片通紅。

傳來真琴含糊的呻吟聲。

我想像陽臺上的光景，立刻甩了甩頭消除畫面。望向懷裡的知紗，她表情茫然地回望我。我聽見她以微弱的聲音低喃：「媽媽……」便使勁緊抱她。

必須趕快逃走，立刻帶著知紗逃離這裡。

我一把抓起知紗的外套和裝有錢包、手機的包包，衝出家門。

八

我和知紗坐在西武新宿線上井草站，上行列車月臺的長椅上。

解開知紗身體上的繩結時，我擔心她會不會又像剛才那樣用別人的聲音說話，或是做出詭異的行動，但看見知紗手中的東西後，我才相信不會有事，解開全部的繩結。

知紗小小的手中，有著一枚裝飾奇特的銀戒。

是真琴的戒指。她在讓我們逃跑時，瞬間塞進知紗的手上。

我不知道這枚戒指有何效果。不過，想必是類似護身符，能避免邪惡的東西靠近吧。我想起之前護身符在眼前一個個被撕裂時，她以指尖玩弄著這枚戒指，唸唸有詞的畫面。

也想到真琴目前這一瞬間，正處於毫無防備的狀態。

她是否平安無事？讓我們逃跑，受傷之後，現在狀況如何呢？我想像最糟糕的事態，直打哆嗦。坐在隔壁長椅上的知紗，叫了聲媽媽，將她的小手擱在我的膝蓋上。

我感受著這份觸感，思考下一步該怎麼走。

來到車站固然沒錯。但該去哪裡才好？

秀樹的老家。

能想到的目的地只有那裡。

可是，公公婆婆把秀樹的死懷疑到我頭上，實在不想去他們那裡。

心裡明白現在不是說這種話的時候。況且他們也很疼愛知紗。知紗雖然說不上對他們敞開心房，但至少也不討厭。

只要我忍一忍就好。

『去田原先生的老家是最好的選擇吧。』

野崎在電話另一端冷靜地說。我打電話給他，告訴他剛才家裡發生的事，並詢問他今後該如何是好，他便給了我這個答案。明明他心裡肯定也很擔心真琴。

『我也考慮過在自己或真琴家設下結界，但以前——田原先生那時，妳們母女逃到他老家後，並沒有受到任何傷害。我想當然也是因為對方一開始的目標就是田原先生——』

野崎說到這裡，暫時停頓了一下接著說：

『或許也跟他老家在京都這一點有關。我推測「祂」應該是討厭晴明神社、五芒星和九字紋……』

我聽得一知半解。果然是因為掛心真琴的狀況，而無法冷靜吧。

「真的很抱歉。」

我說道後，他立刻以克制情緒的聲音催促：

『別這麼說，總之請妳趕快動身。我過去真琴那邊看看。』

我在高田馬場站搭乘JR山手線，於新宿站轉搭中央線，前往終點的東京站。

感覺電車行駛得非常慢，我拚命壓抑自己焦急的情緒。即使眼前有空位，也無心坐下。

我到新幹線售票處買了一張發車時間最近的下行列車自由座。

走到附近的商店購買便當和飲料。不在乎味道和價錢，只要能填飽肚子就好。我依照指示牌急忙趕往最近一班新幹線停留的月臺。下午四點半，開往博多的希望號慢慢駛離東京站。

放眼望去，車廂竟意外地空曠，令我鬆了一口氣。還好人不多。在這種情況下，人多不多也許無關緊要，但我還是慶幸能讓知紗舒服地乘坐。

知紗在靠窗的位置怔怔地眺望車窗。似乎已無精力探出身子表示好奇，她小小的身軀倚靠在大大的椅背上。

天色很快變得昏暗，街燈一閃而過。

我在簡易餐桌上攤開便當，與知紗一起享用。她並沒有鬧脾氣不吃飯，我伸筷子到她嘴邊，她就張嘴，機械式地咀嚼完再嚥下肚。

希望號在新橫濱站停靠，再次發車。接著一路行駛到名古屋站，再下一站便抵達京都站。從京都站轉乘地下鐵烏丸線，然後再——

我在腦中整理接下來的路徑。

「尿尿。」

知紗突然冒出這句話，我望向她。

她一臉傷腦筋地看著我，難為情地說：「我想尿尿。」

看來神智非常清晰，太好了。

我立刻帶她去車廂之間的廁所。

一名身穿西裝的中年男子剛好從男女共用的廁所出來，我確定沒有人等待後，便和男子擦身而過，帶知紗進入廁所。

明明幾個月前才剛搭過希望號，廁所單間卻比想像中的還要寬闊，我安心了不少，抱起知紗讓她坐在馬桶上。

知紗低著頭，擺動著雙腳。在電車行駛的搖晃聲之間，可聽見液體滴落馬桶的聲音。

我站在知紗的身旁，扶著不鏽鋼的扶手，俯視女兒上廁所的模樣。

叩叩，有人敲門。我面向門。

沒看見門外顯示有人在廁所的標示嗎？還是我聽錯了？

叩叩。再次響起敲門聲。

我走了兩步來到門邊，回敲了兩下。

知紗說：「上好了。」於是我回去幫她擦屁股，穿上內褲、褲襪和裙子。當我在洗手檯前抱起她，想讓她洗手時——

叩叩。

又響起了敲門聲。

「不好意思，有人。」

我反射性地盡量大聲說道。我都這麼說了，總不會再——

『知紗在嗎？』

回應的是一道女人的聲音。那一瞬間，感覺電車聲、空調聲，一切的聲音都靜止了。我立刻恍然大悟。

妖怪追上來了。

追上奔馳中的新幹線。

知紗差點從我手中掉落，我連忙抱著她逃到廁所角落。

叩叩。叩叩。

敲門聲連續響起。

『知紗、知紗。』

女人的聲音不斷呼喚女兒的名字。

「來人啊！救命啊！」

我大聲吶喊。知紗嚇了一跳，眼眶濕潤，皺起臉龐。

『一起去山上吧。』

聲音說完後，整扇門立刻猛烈地晃動起來。知紗開始哭泣。

我緊緊抱住知紗的頭，撫摸她的頭髮，拚命地想要安撫她，卻立刻停止動作。我在發抖，誇張到連指尖都顫抖不已。

我害怕門外的妖怪。

門劇烈地晃動。門縫一瞬間透露出灰色的手。

長長的手指染成一片通紅。

是真琴的血。

「別過來！」

我自以為大聲吼叫，然而喉嚨吐出來的卻是變調、沙啞的細小聲音。知紗越哭越激烈，開始大哭大鬧。

『我想要小孩。』

這時響起秀樹的聲音。

『過來，知紗。我們一起去山上玩吧。』

「閉嘴！」

我這次確確實實地從喉嚨盡情地吶喊出聲。

「秀、秀樹——秀樹才不會說那種話……」

我不假思索地脫口而出。

「那、那個人，試圖保護我和知紗——」

門依然不斷地晃動。知紗尖聲吼叫。

「——不、不受到祢的傷害！」

沒錯。我自己說出這句話後，才清清楚楚地明白。

秀樹常常會錯意、得意忘形，讓我和知紗感到為難、傷心。

讓我們受盡折磨，這是不爭的事實。

可是，他直到最後都想要徹底保護我們不受這傢伙——這隻妖怪的傷害。

悶在心裡，獨自煩惱，接著求助所有可能幫上忙的人。

門縫又隱約露出血紅濕濡的手指。

秀樹一定也曾經歷過可怕的遭遇吧。我想肯定比現在的情況還要駭人吧。

即使如此，他還是堅持到底，保護了我和知紗。

不惜犧牲性命。

此時響起「嗚嗚嗚嗚」的低沉聲響。原來是我的哭聲。

我和知紗一起哭泣，在廁所單間角落不停顫抖。

不行。我不能這樣坐以待斃。

我來回望著嘎吱作響的門和號啕大哭的知紗，拚命地鼓舞自己。

我們兩人若是在這裡有什麼三長兩短，秀樹就白死了。

無論如何都必須保護知紗——我和秀樹的孩子。

我將手伸進外套口袋，手指纏繞住一條細長尖銳的物體。是繩結。

我放下知紗，站起身，用身體頂住門。門瞬間停止晃動。我拿起繩結，將內側的鎖和廁所內眼見之處突起的地方綁在一起。儘管手在發抖，總之只要綁緊就好。繩結比我想像的還要長，還要結實。因此左右繞了好幾圈。

我不知道該怎麼使用這條繩結。反正只要讓門打不開、把門擋住就好。把繩結拉得這麼緊，綁得這麼堅固，應該沒辦法輕易打開吧。人都進不來了，妖怪也一樣吧。

將全部的繩子綁完後，我退後一步。

以黑色與橙色兩種顏色的繩子編織而成的繩結，在門內的鎖繞了好幾圈，與各處突起之處綁在一起，層層橫向交錯整扇門前。

是稱之為結界嗎？我想起真琴和野崎曾經提起過的詞彙。

門晃動的幅度減弱。起碼幾乎沒露出門縫，也看不見門外妖怪的身體。

晃動停止。門喀噠喀噠地輕輕作響。

『一起去山上吧。去山上，知紗。』

門外的女聲說。

我奔向角落，抱起仍在哭泣的知紗蹲下。

『知紗、知紗、知紗……』

聲音不斷重複。我沒有回答。

聲音在布滿繩結的門外，喋喋不休地說道：

『知紗、知紗、知紗、知，紗……知，紗……』

不過音量確確實實地逐漸轉小，斷斷續續。

一定是繩結，結界起了作用。

別過來。滾回去。給我消失。

不准再靠近知紗。

『知紗……啊，啊。』

聲音改變。變成痛苦、嘶啞的聲音。

『啊啊……仔……仔細看……這不是……開著唄……裡面。』

這次聽得一清二楚。喉嚨和胸口有種被勒緊的感覺。

仔細看，裡面不是開著嗎？

裡面是指哪裡？這間廁所沒有窗戶。若要說其他開著的地方——

當我察覺的同時，眼前的馬桶蓋「碰！」地彈起。

從中伸出兩隻又大又長，到處染得血紅的手。

馬桶發出啵啵的水聲，並且伸出黑色舌頭。

黑色長髮、小小的頭、長長的脖子慢慢爬出。

露出排列凌亂的牙齒。

伸出長長的雙手。

我驚聲尖叫。

隨後「祂」從我手中。

搶走知紗，知紗的身體。

送往那如血盆般闊大的——

口中。

九

白。無邊無際的白。

因為很明亮。今天很明亮。

我坐著。坐在床上。

床上很溫暖，空氣也暖洋洋。

我心情舒暢。

十分愉悅。

暢快無比。

雙腿之間一陣涼意，我輕聲驚呼。

附近一名女子察覺，掀開我的棉被。

拿下包裹在我兩腿之間的東西。

冰涼的物品離去。那名女子也離去。

我又感到心曠神怡。

有人進來。

一名穿著白衣的人。醫生。

另一名是陌生男子。穿著大衣。

醫生和男人來到我身邊。

「香奈小姐。」

男人說。

香奈小姐、香奈小姐。

我重複。

男人的臉有些扭曲。

「她幾乎是一問三不知。」

醫生說。

她幾乎是一問三不知。

我模仿醫生。

男人從大衣裡掏出一張薄薄的四角形物品。

拿給我看。

四角框中有一名女人。

女人的頭髮是粉紅色的。

「她是真琴。」

男人說。

真琴。

我複誦道。

「妳還記得嗎——這是她的名字。」

男人說。

名字。

我說。

名字。

我再說一次。

名字名字名字。

很重要。

非常、非常珍愛的名字。

A、I、U、E、O，KA、KI、KU、KE、KO，SA、SHI、SU、SE、SO，TA、CHI——

CHI。

CHI、CHI、

CHI、CHI、CHI、

男人皺著臉孔看著我。

CHI、CHI、CHI、CHI、

CHI、CHI——

CHISA，知紗。

我的嘴裡吐出一個名字。

知紗。名字。

知紗是名字。

我如此心想。

知紗是名字。

知紗。

知紗。

名字。

非常重要的名字。

非常珍愛——

非常、非常、非常，

非常恐怖。

恐怖的名字。

妖怪。

妖怪的——

名字。

魄——

魄饑魔。

「啊啊啊啊啊啊啊啊！知紗！知紗知紗知紗知紗！知紗啊啊啊啊啊啊知紗啊啊啊！知紗啊啊啊啊！知紗啊啊啊啊！」

我的嘴裡發出宏亮的聲音。

我的眼裡流出冰冷的水。

醫生按壓住我的身體。

第三章 局外者

一

三十號有空嗎？　阿賀見高　上京組聚會

大木、上健、野崎

你們好~好久不見啦😃

我是寺西（寺仔）啦，大家過得好嗎？

順便說一下，今天是我家長男幼稚園畢業典禮，這種場面真是很感動哩。

不好意思突然聯絡你們，我要跟阿賀見的橫井太太（舊姓稻垣）、增尾、玉川太太（舊姓和泉）午餐？聚餐？喝茶聊天？

你們三位要不要也參加？

大家都講說要帶另一半跟孩子一塊兒來，我也會帶老婆跟兩個小孩去，基本上會是個鬧熱哄哄的家庭聚會。

詳細資訊如下♪

時間

三月三十日　星期日　十一點三十分

地點　Chad Perkins新橋店

是一家無國籍料理店，聽說用早上現採的蔬菜所製作的義式溫沙拉（Bagna càuda）很好吃

（增尾推薦）！

也有兒童餐。

地址在哪只要估狗就會跑出來了（笑）

好像沒有停車場，我想最好搭電車前往較好喲。

那麼麻煩你們考慮看看囉 !>

Re：三十號有空嗎？　阿賀見高　上京組聚會

寺仔：

好久不見了≧▽≦

這時間訂得真不賴呢！我跟老公和女兒去秋葉原買完東西後就過去。

要培養小孩成為英才，口袋要夠深呢～（笑）

你們都是怎麼栽培小孩的？當天請各位多多指導、鞭策！

Re：三十號有空嗎？　阿賀見高　上京組聚會

愛子成痴上班族（笑）寺西先生

感謝你的邀請，我會帶另一半還有兩個孩子，四個人一起參加。

我去那家店吃過，很好吃YO！

我有在美食部落格中發表評論，有空的話可以看一下～

以「麵類原理主義者上原」的暱稱，針對海鮮河粉熱情演說（笑）

期待聚會那天，到時見啦～

Re：三十號有空嗎？　阿賀見高　上京組聚會

大木、麵類原理主義者（笑）：

多謝兩位百忙之中快速回覆！

確定最終參加人數後，會再發一封信通知各位（^◇^）

也麻煩野崎回覆囉♪

Re：三十號有空嗎？　阿賀見高　上京組聚會

寺西先生：

好久不見。

不好意思，
當天我有重要的工作無法抽身，所以不能參加。
辜負你邀請我的一番好意，實在抱歉。

Re：三十號有空嗎？ 阿賀見高 上京組聚會

抱歉那麼晚回覆你。
野崎，你犯不著在意啦，畢竟是我這裡突然聯絡你的。
我們這個聚會是定期常常舉辦的，下次再聯絡你嘿。
也必須久違地問候一下野崎夫人才行哩（笑）
生小孩了嗎？要是在生產方面遇到啥問題，隨時跟我說喔。

※　※

我關掉收件匣，將手機擱在桌子角落固定的位置，注意力集中在螢幕上。我正在撰寫平凡無奇的原稿。主題是資訊早已落伍的「雪怪的真實身分其實是熊」的這種說法。

後天截稿。照這個進度，應該可以在日期變換前傳送給對方。對方是一間快倒閉的色情類出版社，基本上校對得很鬆散，加上責編又是個典型的鬼遮眼，如果不自己注意，錯字漏字會直接刊載出去。

刊載原稿的靈異月刊雜誌的完校日是後天，責編指定的截稿日也是後天。換句話說，責編打從一開始就不打算校稿。

簡而言之。我在心中如此笑道。

這只是用來補白的文章。對發稿的人來說根本一文不值。

只要這些文字能湊滿頁面就好。

我快速敲打著鍵盤，一邊回想剛才的信件往返內容。

我起初心想，難得高中同學久久聯絡一次，真想參加同學會。一群年過三十的老朋友聚在一起用個餐，回顧高中時期也不錯。

不過——

在瀏覽老朋友們的對話時，我的心底卻逐漸湧起對他們感到類似憎惡的情緒。

不對，我就別再欺騙自己了。

我確實憎恨他們。

當天明明沒有安排工作，卻說謊拒絕參加聚會。

理由顯而易見。

是小孩。

小孩、小孩、小孩、小孩。

我受不了那些結婚生子的老朋友，一副認為有小孩是理所當然、再正常不過的說話方式。

我難以忍受他們把這種話題硬是加諸在我身上。

當然，我也必須承擔一部分的責任——至少原因是出在我自己。

因為我並沒有將自己已經離婚的事實告訴他們。

起碼寺西以為我還處於婚姻狀態。

這不符合事實，我跟由梨花分開正好快滿兩年。

即使如此，我也不打算在剛才的信件中報告這件事。

更沒打算參加同學會，在到場的所有人面前坦承自己離婚。

傷痛早已痊癒。

我也不認為離婚有什麼好丟臉的。

只是不想跟認為有孩子很普通的人扯上關係。

不想跟把沒有孩子這件事理解為異常、有缺陷的人有所牽扯。

因為那會讓我覺得自己被否定。

甚至連真琴也被否定。

這是自我意識過剩嗎？是有被害妄想症嗎？

就某種程度來說或許是吧。就算是如此好了，憎恨的情緒卻完全沒有消失。

我想起面容已模糊不清的由梨花。

沒有五官的短髮女人浮現在螢幕前。

是由梨花的幻影。

「我還是想要孩子。」

由梨花的聲音。

我早就知道由梨花很久以前就厭倦我了。原因絕對不只一個。不稱她心意的地方，不勝枚舉。

不過，這一點卻是最關鍵的原因。這句話才是宣告我們婚姻破裂的理由。

我無法生育。

檢查結果表。

所有的欄目都印上了鮮紅的「ＦＡＩＬ」文字。表示「欠缺」之意。

我罹患了無精症。

我刻意嘆了一大口氣，將注意力擺回無關緊要的原稿上。

二

「我很高興你有這份心意，但是我生不出孩子喔。」

真琴如此說道後，我立刻回答：「我也是。」「這樣啊。」她露出五味雜陳的表情笑道：

「那就請多指教囉。」

今年初的某天下午，我和真琴交往了。

她在回答我之前，先告知我她不孕的事實。她的心情，我尤其感同身受。

因為不想事後被發覺而受傷。

假如立場對調，我或許也會說出同樣的話。

不對，實際上又是如何呢？即使同為不孕者，我跟真琴依然截然不同。

真琴喜歡小孩，經常與委託人的孩子玩在一起。去超市購物時，看見小朋友單手拿著零食在店裡徘徊，會瞇起眼睛微笑。

「野崎你討厭小孩嗎？」

交往後不久，真琴在她家這麼問我。

「我不知道。」

我在床上回答。我是真的不知道。在幻想有小孩前，計畫生孩子後，經過機械式的檢查，表明自己不孕的我，不知何時便不再思考小孩的事情了。

在窗簾緊閉的黑暗客廳裡，真琴一絲不掛地站著，伸了一個大懶腰後撩起她銀色的長髮說：

「我很喜歡小孩喔。愛死了。」

她纖細腹部的肚臍下方有一道橫條的縫合疤痕。

我無言以對。

這個二十六歲的女人，在高圓寺一邊打工一邊從事副業，應該說幾乎是義工性質的靈媒師——巫女之類的工作。

我是在去年秋天因雜誌工作正在調查某一起發生在都內攝影棚的奇怪現象時，認識比嘉真琴的。

她利用她的能力，幾乎洞察出一切，引導我，救助了一名——迷途的中年男子。

結果，事情太過錯綜複雜，無法撰寫成報導，但我對她的力量深信不移，顫抖不已，甚至感動萬分。

真琴是如假包換的通靈者。

靈異世界神棍當道。不如可說是靈異的歷史等同於詐欺、誤認、會錯意的歷史。

當然，從古至今，怪力亂神的行業層出不窮。

比如守護靈、靈氣、前世等。

不少謊稱自己看得見理應看不見的東西，把苦惱的人當成冤大頭，狠敲一筆的不肖之徒。騙些小錢的更是不在話下。

但是真琴不一樣。我對她產生了興趣。

我和她保持聯絡，偶爾主動委託她，在反覆見證她的能力之中，我逐漸對她懷抱著特殊的情感。

與她的力量完全無關。

看似呆愣，實則機靈；看似冷漠，實則比任何人都要善解人意；外表令人退避三舍，卻對誰都一視同仁地溫柔——一一細數後，感覺有些老套，但她確實魅力十足。

她的外婆好像是「ＹＵＴＡ」。也就是沖繩的靈媒。

至今仍存在於當地，受人信仰、信賴的女巫醫。

真琴繼承了她的血統。ＹＵＴＡ的資質似乎無關血緣，但若要深究這一點，可靠的樣本太少。畢竟有太多謊稱ＹＵＴＡ的詐欺師。

真琴不遺餘力地使用她的能力幫忙別人。特別是有小孩被什麼東西附身，無法自在生活這類的委託，她總是一口答應。

好心卻經常沒好報。像是委託人的小孩受傷，遭到謾罵；也曾被惡靈擊傷。即使如此，她仍然毫不氣餒地積極接受有關孩子的委託。在其他委託中，她也會和當事人的小孩打成一片。跟我交往後，也依舊不改她這種行事作風。

我起初對她的這種行為感到不耐煩。

真琴愛小孩是無所謂。但她和小孩接觸，反倒會傷害到自己。

我說了幾次這類意思的話來勸說她。

她落寞地笑道：

「但我就是喜歡啊，有什麼辦法。」

用手彈了彈藍色爆炸頭。

她說得有道理，那是自己無法克制的情感。說來諷刺，既然她喜歡小孩卻無法生育，就更應該讓她盡情地去喜歡。

如此心想後，我對真琴的不耐煩便逐漸消退。

反而對像寺西、大木這些老友一樣有小孩——而且認為有小孩是天經地義，悠然自得過生活的人，感到煩躁、憎恨。

說穿了不過是羨慕他們罷了。

畢竟我無法生育，妻子因此和我離婚，現在還跟不孕女交往。

我羨慕那些下班回家後有孩子在，假日陪伴家人玩樂的人。

這確實是事實沒錯。反正是我內心感到自卑的問題。

不過，真的只是因為這樣嗎？

有孩子的父母，又有多麼偉大了？

虐死小孩的父母。

餓死小孩的父母。

給嬰兒注射興奮劑的父母。

即使排除極端惡劣的例子，也有許多以放任主義為藉口，讓小孩自生自滅、遭遇危險的父母。

以及在大庭廣眾下毒打猛踹小孩的父母。

更有將自己的夢想和價值觀強加在小孩身上，像工具一樣利用的父母。

還有些父母只因小孩沒有成長為自己理想的模樣，就擺出一副自己才沒生過這種小孩的態度。

這類事情走到哪裡就一籮筐。只要在附近的公司、吸菸區、居酒屋豎起耳朵聽個三十分鐘，就能聽到你反胃。

假日走到學校附近，就能看到一群以聲援少棒的正當之名，行謾罵叫囂之實的監護人身影，看都看膩了。

若是認為閒話家常與日常景色不足以成為實例的話，還有統計資料可證明。

不論強制性交、準強制性交這類法律上的區分，約半數的性犯罪加害者是已婚者。

虐待兒童的加害者，多半是親生父母。

不知寺西和大木他們知道這個事實嗎？

還是明明知道，卻佯裝一副自己很正常、健全、普通的樣子呢？

又或是他們早已在家裡對小孩施暴，在外頭不斷犯下性犯罪，只是我不知道罷了？在這種情況下，披上正常的外衣？

真可笑。

每個人都是笑柄。

父母和小孩全都去死吧。

每當我沒跟真琴見面，工作不忙時，回過神後都發現自己像這樣在腦中詛咒、嘲笑、憎恨那些人。

當頭腦快要爆炸時，就喝得爛醉如泥，一頭倒在攤開的被褥上。日復一日。

所以——和田原秀樹見面時，我也立刻對他擺出輕蔑的態度。

那是三月在阿佐谷車站附近的咖啡廳發生的事。我經常來這裡和人商談事情。

他口口聲聲說擔心小孩、擔心妻子，每一句話中卻處處強調自己是過著多麼平凡、正經的人生，作為社會的一分子有多麼盡心盡力。

比起小孩、家人，更重視自己無聊自尊的傢伙。田原給我的印象就是如此。

我帶他去找真琴，真琴告訴他「要善待家人」時，我便幾乎肯定自己的判斷無誤。

田原勃然大怒地離開真琴家後，我問她：

「那傢伙的家庭並不美滿吧。」

「我也不知道呢。」真琴胡亂搔了搔她粉紅色的頭髮說道：「不過，有嫌隙。而且非常大。照那樣，不管多麼弱小的靈都能輕易入侵。」

我覺得很可笑。不過，我沒打算在真琴面前吐露我的心聲。

田原有一個快滿兩歲的年幼女兒。

真琴面有難色。

想也知道她在擔心那個小女孩。

三

所以，當真琴說出想去田原家時，我也一點兒都不意外。

而且，我也對田原提到的妖魔頗感興趣。

魄魕魔。

呼喚人，把人擄到山上的妖怪。

源自歐洲的bogeyman，經過口耳相傳留下的產物。

那東西盯上了田原秀樹和他的家人。

雖然不知道有多少可信度，但我只是單純地想要調查魄魕魔。

我在工作之餘開始調查，成果卻不佳。找不到任何文獻資料。我甚至差遣熟人，與《傳教士的足跡》作著瀨尾恭一的遺屬取得連繫。

「我不太清楚父親的事。我已經不想再想起這個人了。」

瀨尾的獨生女是個清瘦的中年女人，一見到我劈頭就這麼說。跟拒絕採訪沒什麼差別。

我決定直接動身前往三重縣的K地區留宿。採訪費當然是自掏腰包。雖然存款減少令我心痛，就算查出些什麼也賣不了幾毛錢，但我倒是挺空閒的，因為出版業越來越蕭條。不過，沒辦法，誰教我對「祂」好奇。

我從東京搭乘長途巴士前往伊賀上野。造訪事先預約好的民俗資料館，閱覽書庫的文獻。由於文字沒有建成電子檔，沒辦法搜尋，但畢竟是K地區的文獻，資料數量非常集中。反過來說，就代表資料極為稀少的意思。

我只找到小杉哲舟的《紀伊雜葉》。我早已跟唐草要來影本，內容也大致瀏覽過了。這次是白跑一趟。

我抱著死馬當活馬醫的心情去問了職員，但沒有一個人曾見聞過魄魑魔。

當我一無所獲地走出K車站的驗票口時，太陽已經開始西斜。

就結論而言，我在這裡也沒有打探到什麼消息，成果為零。

心情上還反而呈現負面情緒。

我在靜謐的住宅區向路人打聽，請對方告訴我有沒有什麼人對這方面比較熟悉。我依言走訪木造的老平房、褪色的兩代同堂住宅一樓。這群久居此地的老人家，通常都會說出下列兩種回答：

「不太清楚哩。」

「現在哪還有啥妖怪。因為年輕人壓根兒就不相信有妖怪。」

老人未必博學多聞、遠慮深思。我反覆聽著含糊的否定與感慨「想當年」的陳腐牢騷，入夜時分已精疲力盡。

壓垮我耐心的，是在聽取第六名老人發言的時候。

在鋪著榻榻米的公寓一室，矮桌上擺著三罐空啤酒。沒有下酒菜。

瘦骨嶙峋的老人回溯記憶，說他倒是知道「怨孤娘」，經常聽他母親提起，是個可怕的妖怪。這個話題並不新奇，而且我也不覺得跟魄魑魔有什麼關係，但總好過其他老人。

在我上門造訪時已有幾分酒意的老人，談完話時已喝得醉醺醺。他搔著蓬亂的白髮：

「好久沒講這麼多話了哩。」

瞇起他充血的雙目。

當我向他道謝，正打算離開房間時，老人突然叫住我。

「你要回旅館了嗎？是住飯店嗎？」

「對。」

「從這個距離來看，應該是××車站前那家唄？」

「沒錯。」

「畢竟這附近沒地方可玩，也沒地方可住嘛——」

老人遙想過去般地說道，旋即又面帶笑容開口：

「不過，你可以去泡泡子寶溫泉。很舒服喔。」

我在車站前有看見廣告招牌，而且事先上網查詢K地區時，就已知道當地最近冒出溫泉，生意還挺興隆的。

也知道溫泉名字的由來，以及主要是基於什麼理由才門庭若市。

簡單來說，就是「求溫泉」而非「求神」。無法生育的人會無所不用其極地求子，不但求助現代醫療，還會求助溫泉、食材這類感覺健康、含有天然礦物的東西，希望產生效果。

渴望喜獲麟兒，懷上我跟真琴都放棄的新生命。

「不了，我怕趕不上電車。」

我連客套話都懶得說。恐怕也沒有陪笑臉吧。老人落寞地說：「真是可惜，下次再來就好。」

當我抵達一片漆黑的車站前時，被燈光照射地閃閃發光的招牌格外顯目。

我在廉價商務旅館的狹小房間裡，不想吃晚餐，也不想洗澡。大口灌著便利商店買來的酒，觀看陌生的地方頻道，通宵達旦。

四

實地調查獲得的資訊，頂多只有三重縣伊賀自古以來就使用繩結來驅魔一事而已。伊賀與K地區——地理位置很接近。我心想，即使當時的人民使用繩結來擊退魄魖魔也不足為奇。

實至今日，結繩在伊賀仍舊是一項重大的產業，應該說是傳統工藝吧。我和真琴逛網頁，購入了兩條三公尺長特別訂製的黑橘繩結。真琴堅持要和我兩人各出一半費用。

「選擇這個長度是有什麼根據嗎？」

我詢問後，她發出低吟偏頭思考了一下回答：

「我想說剛好能實踐以前姊姊教我的方式。」

姊姊。在我剛認識真琴時，她就三不五時提起她姊姊。

總結來說，她跟真琴一樣是巫女——應該說是巫女前輩吧。打從義務教育時起，就開始替人驅邪賺錢，是個斲輪老手。據說年過三十。

「不過我們已經好幾年沒見面或聊天了。」

真琴傷感地說。從她的語氣可以明顯感受到她十分尊敬她姊姊，但似乎斷了聯繫。也聽說她從以前便在國內東奔西走執業。大概是忙得不可開交吧。

雖然調查魄魖魔一事遲遲沒有進展，但真琴會定期造訪田原家，那邊的狀況倒是挺順利的樣子。就連看在我眼裡，也覺得田原太太跟真琴談話時顯得一副輕鬆自在的模樣。而且看得出她女兒知紗也很黏真琴。雖然受不了田原還在悠悠哉哉對此感到開心的態度，但我也沒打算干涉。話是這麼說，我算是也開始對田原家產生了一點興趣吧，當然不如魄魕魔就是了。

我隔了許久再次做了糕點，讓真琴帶過去。這是我在和由梨花結婚不滿三年的婚姻生活中，學到的少數技能。

「謝謝你上次送來的甜點。知紗吃了好多，直誇好吃。」

隔週我一登門拜訪田原家，田原就如此告訴我，我不知該做何反應，同時又感到安心。因為知道由梨花教我的手藝還寶刀未老。

我沒有恨過由梨花，但這時我才終於能坦率地肯定由梨花的存在，以及和她一起生活過的事實。這種感情完全不衝突我對真琴的情意。

真琴看起來很開心。從田原家回來時，她總是在談論知紗的事。不論是在電車上、用餐時、回我或她家時，還是在被窩中。

我喜歡看著這樣的真琴。

然而——

妖怪魄魕魔卻比想像中還要來得強大。

只是填補嫌隙，根本無法抵禦祂。

我第一次看見真琴如此驚慌失措的模樣。

也是第一次看見東西被超常的力量破壞得如此支離破碎。

我原本以為靈媒畏懼妖魔而退卻這種事，只會在虛構的故事中出現。

事實上卻有一名靈媒在我身旁被咬斷手臂，我眼睜睜地看她在救護車上死去。

田原也死了。

我也是第一次因為毫無關係的陌生人死亡而感到震驚不已。

真琴比我還一蹶不振。

完全不吃飯，在床上哭了好幾天。我安慰她也哭，我動肝火她也哭。一下子人就瘦了一大圈，粉紅色的掉髮凌亂地布滿整個房間。

當我好不容易讓她情緒平復下來，多少吃一點飯，幫她戴上黑色假髮，帶她去田原家時，葬禮早已結束。

香奈異常地冷靜。她俐落地處理事情，俐落到難以用為母則強這類俗套話一語帶過。

唯獨知紗的托兒所無法單憑她的努力就能找到。於是我和真琴再次開始造訪田原家。

真琴在高圓寺一家名為「異鄉人」的吧檯酒吧打工，上班時間是晚上八點到凌晨三點。換句話說，她白天有空。真琴盡量把打工以外的時間全都用來與田原家、知紗來往。

我則是再次調查起魄魕魔。幾乎不接連載工作以外的單次性工作，把空暇的時間全都花在尋找文獻，一一聯絡可能了解這方面的人。

也開始和讓田原與我兩人搭上線的唐草大悟交換魄魑魔的資料。

唐草似乎很關心香奈——說得通俗一點，就是對她「有意思」，經常打電話給她。我不知道他有沒有成功。不過，同時他也開始積極地調查魄魑魔，給予我各種建議。

「我去關西的大學時，順便繞到伊勢神宮買了劍祓。可以幫我拿給香奈小姐嗎？」

唐草在S大文學院大樓的民俗學研究室把劍形神符交給我。

「你自己交給她比較好吧？」

我問。

「你不是常去她家嗎？由你交給她比較自然。」

唐草露出爽朗的笑容回答。

「我想由你親手交給她，她也會比較高興吧。」

我如此說道後，唐草開口：

「她好像滿腦子都在考慮知紗的事呢。」

一臉無奈地嘆息。

無論如何，多一個想要保護田原家——香奈和知紗的人，總是比較安心。

然而——

真琴每天跟知紗玩耍，體重也慢慢恢復，但隨著日落時間變早，天氣越來越寒冷，她回家後的情緒也益發憂鬱。

有時會把臉埋進被單啜泣。頂著妝容流淚，妝脫落沾到床單，留下黑色與粉紅色的痕跡。

我想她是介入太深，投入了過多的感情。

「別再去照顧知紗了，有我照顧就夠了。」

真琴那天也裹著棉被哭泣。我對她如此說道。

棉被不停地蠕動，我明白她是在搖頭。

「香奈小姐跟知紗母女情深。妳不去照顧知紗，她也會馬上找到托兒所吧。況且對手可不是把嫌隙填補起來就能驅離的。妳姊不是說過了嗎？」

真琴的姊姊自那天起就沒有聯絡我。似乎也沒有聯絡真琴的樣子。

「可是啊，」棉被裡發出細小的聲音，「知紗很可愛嘛。會讓我忍不住想要幫她啊。」

「每天陪她玩就有辦法解決嗎？」

真琴沉默。眼前的一團棉被，只發出微弱的布料摩擦聲。

「不是只有妳感到痛苦而已嗎？」

我說。

真琴沒有回答。

「只會讓妳想要孩子而已吧？」

棉被裡的真琴一語不發。

「真琴。」

我嘆息道：

「那終究是別人家的孩子。適時——放手才好。」

棉被一躍而起，枕頭朝我飛來。我千鈞一髮之際用手臂擋了回去。

枕頭撞上白牆，掉落地面。

我望向床鋪，發現真琴一雙大眼通紅，眼周黑成一片，狠狠瞪著我。她咬緊牙齒，抬起視線：

「什麼叫終究！」發出比平常還要低沉的嗓音，「別人家的孩子就可以隨便應付嗎？不能喜歡嗎？」

「我沒那麼說。妳——」

「閉嘴！」

真琴大喊。瞪大的雙眼落下斗大的淚珠，在她灰色的連帽運動服上留下點點水漬。

「我只能擁有別人家的孩子啊！」

真琴顫抖著聲音說道。

「你不也一樣嗎？幹嘛講得一副超脫的樣子！」

我沉默。

走在大卡車與計程車呼嘯而過的深夜環狀七號線沿路步道，我一邊思考著自己和真琴的事情。

真琴說，因為無法生育，所以只能去愛別人家的孩子。

我——則是基於同樣的理由，怨恨別人家的小孩。憎惡小孩和他們的雙親。

前者顯然健全又正面，甚至美好。

但我無法抱持著像她那樣的心態。

因為那就等於承認自己有瑕疵、有缺陷。

跟因為沒錢，所以去借錢一樣。

跟因為沒東西吃，所以去排救濟食物一樣。

我曾在某一篇報導上讀到，有許多丈夫不願接受不孕檢查。

不想承認自己是造成不孕的原因，甚至有不少男性拒絕接受檢查，確定原因是否出在自己身上。

我也跟那些人一樣。不，或許不如他們吧。

儘管接受檢查，不孕的事實擺在眼前，我依舊不願承認自己的瑕疵和缺陷。

還試圖裝作一副自己本來就不想生小孩的模樣。

五

半夜，我接到香奈打來的電話——得知魄魕魔又再次盯上了田原家。聽說知紗的詭異行為後，我只能得出這個結論。

同時，也冒出幾個疑問。

第一個疑問是：

既然魄魕魔逐漸逼近，為何幾乎每天待在田原家的真琴沒有察覺？姑且不論她是否有辦法對抗，但應該能夠察覺到才對。

第二個疑問是：

唐草託我轉交給香奈的劍祓，為何沒有效果？就算效果無法達到結界般那樣靈驗，只要不一一破壞那些護身符或神符，照理說魄魕魔應該無法擊襲她們那家人才是。

據香奈所說，她收下劍祓後，一直擺在佛龕上。

即使在非科學、超常現象的領域中，也必定存在著邏輯和道理。並非萬事皆可成立。不過，田原家發生的事卻不合理。

「我完全沒發現——」

真琴臉色蒼白地如此回答。想也知道她會責怪自己，我立刻接著說：

「不是妳的錯，這應該有什麼理由。」

真琴一臉鐵青地癱坐在床上，始終低著頭。

「那的確是在伊勢神宮買的。」

唐草神情困惑地歪著頭。

星期五白天，S大文學院大樓的民俗學研究室裡，唐草將攤在桌面的課堂測驗答案卷推到桌邊問道：

「發生什麼事了嗎？」

「不，沒事。」

我回答。這反而是問題所在，令人費解之處，當我正想要說明時——

「果然比起伊勢，還是京都比較靈嗎？我也有晴明神社的神符喔。叫作方除符。」

唐草從抽屜拿出一張白色大符。

白色的包裝紙上用毛筆畫著「晴明大神」「方除守護」這幾個大字，外面裹著一圈黑色的細紙條固定住。

毛筆字上印著朱色的五芒星。

「晴明桔梗印……」

我嘟噥道。於是唐草點了點頭：

「三重志摩的海女們稱同樣的圖形為五芒星九字紋，會用黑線刺在手拭巾上用來驅魔。因為是很普遍的圖形，難以一概而論。但可能是受到晴明——陰陽道的影響。」

「原來如此。」

我早就知道五芒星九字紋的含意，在調查魄魕魔的過程中也得知志摩的海女們在畏懼什麼，但我沒打算插嘴。

「所以，這次的事情可能用這個比較好。不只地理位置相近，還有民俗學根據。」

唐草如此說道，遞出方除符。

畢竟田原喪命，他在心境上似乎「不得不接受」妖怪、魄魕魔的存在，但身為一介民俗學者，總不能輕易承認超越常理的存在吧。即使如此，唐草還是關心遺留下來的家人，尤其是香奈，想要幫助她們。既理性、公平又正直，我認為他是個了不起的男人。

我離開研究室，踏出文學院大樓古老的門時——

「野崎大師。」

一道語調鬆散的聲音叫住我。

我循聲望去，看見一名理著平頭，眼睛渾圓的矮小青年，面帶微笑地朝我走來。十月將近尾聲，他卻只穿著一件黑色短袖ＰＯＬＯ衫。

他叫岩田哲人，是唐草研討會的研究生。

「您去過唐草老師那裡了嗎？」

「是啊。」

「是去討論魄魕魔的事嗎？」

「沒錯。」

「要是寫成報導要告訴我喔。不過，我有定期訂閱《Bullshit》、《亞特蘭提斯》和《奇奇怪怪》，在您告訴我之前，我應該就會看到了。好久沒看到野崎大師寫的專題報導了——」

「別叫我大師啦。」

「嘿嘿嘿。」

岩田傻笑地抓了抓他那顆圓頭。

他是我透過唐草認識的靈異迷研究生，個性認真到有些偏執。據說一有空就跑遍全國，蒐集稀奇珍貴的書籍。沒空也會上網搜購。涉獵的書籍類型從獨裁社長類色情的自傳、地下偶像自製自售，令人寒毛直豎的角色扮演寫真集，到桃山時代的僧侶所繪製的幼稚拙劣的地獄繪圖。範圍之廣，應該說是沒節操。

他是這類人當中難得會仔細閱讀蒐集而來的書本的人，所以我向他說明魄魖魔的梗概，請求他協助。希望他若是在旅行當地或是網路上發現相關的消息，通知我一聲。

「小眾媒體？」

我坐在學生餐廳的餐桌前，探出身子問道。對面的岩田並未動手享用我請的中菜套餐，從破破爛爛的背包拿出一本單色印刷，B5大小的小冊子。上頭寫著「矮牽牛通訊　第十八號」這個微妙的標題。岩田翻開小冊子給我看開口：

「就是這個。奈良R大學校刊社在七〇年代推出的小眾媒體。製作人員表上有瀨尾恭一的名字喔。我有上網確認過他的經歷，應該不是同名同姓的其他人。」

後方頁面的製作人員表上確實寫著「瀨尾恭一（四回）」。

「然後啊——」岩田快速翻頁，「這邊這邊，『米糠味噌的香氣』。算是老奶奶的生活小智慧吧。是一個介紹老爺爺老奶奶通常不會被大眾媒體採用的一些芝麻小事或是恐怖經歷的企劃。很有意思喔。像是之前的十七號那本，就介紹一個去中國打仗的老爺爺，發生的香豔事蹟，也就是碰到女鬼了——」

「這一號寫了什麼？」

即使我不客氣地打斷岩田說話，他也不怎麼在意，反而還喜孜孜地回答：

「這個嘛，刊載了一位出身K地區的老婆婆的談話。而且一直在講妖怪的話題。該怎麼說咧，就像是現在喜歡恐怖題材的女生一樣，真可愛——」

「內容在講什麼？」

「有提到魄魕魔喔。」

岩田笑容滿面地說道。

在專門書籍和古文書都遍尋不著「魄魕魔」這個詞，竟然刊登於學生製作的小眾媒體一隅，而且被蒐集寶書的狂熱分子找出來。儘管一時半刻難以置信，但情緒還是自然而然地高漲起來。

我喝了一口罐裝咖啡後，深呼吸。將手伸進放在桌上的包包，拿出香菸。結果掏出的力道過猛，包包裡的東西一起飛了出來。數位相機、錢包、名片夾、暫時保管收據的透明袋，以及剛從唐草那裡收下的方除符。

「哎呀？」

岩田突然驚呼了一聲。淺淺一笑，看著零亂的桌面。

「怎麼了？」

「沒有啦，只是想說現代竟然還有人在用魔導符呢。」

「磨搗扶？」

「就是這個啊。」

岩田一手拎起方除符。

「你當然是在知情的情況下才帶的吧。不愧是野崎大師。」

自顧自地佩服起來。

「不，我不知道。抱歉，可以告訴我嗎？」

我老實坦承後，他別說失望了，甚至越來越欽佩：

「您真是謙虛啊。果然認真的撰稿人就是——」

「磨搗扶是什麼？」

岩田拿起滿是裂痕的手機，打開記事簿，迅速地按壓觸控面板說道：

「簡單來說——」

〈魔導符〉

「——就是召喚邪靈的道具。」

「……你說什麼？」

我看著液晶螢幕上顯示的文字列，只問了這一句。

岩田將方除符拿在手中。

「算是民間信仰吧。在關西似乎只普及到江戶時代，據說當時相信只要將神聖的神符或護身符稍加改造，就能『反其效而行』。說得簡單一點，就是詛咒。」

我一時之間無法言語。岩田可能沒察覺我全身僵硬，接著說：

「不過，因為廢佛毀釋造成的混亂，這方面的信仰也一掃而空。但就學術上而言是成立的。反正我個人是認為，就算現在有人會使用魔導符也不足為奇。」

我用咖啡濕潤我瞬間口乾舌燥的狀態，用手指指著方除符：

「這──被動過手腳嗎？不是本來的模樣？」

「沒錯。」岩田立刻回答。「不知道該不該稱之為水引結，但這中央的紙，原本是紅色的。這個卻是黑色。最常見的改造方式是──」

岩田用指尖快速掃過方除符的邊緣說：

「『用墨水塗黑』角落。」

我想起唐草交給我的劍祓，相當於劍尖的紙張角落，確實被墨水塗黑。

「話說，您不知道箇中緣由就帶在身上是怎麼回事啊，大師？」

岩田以一貫悠哉的語氣問道。我勉強回答：

「是認識的人給我的……」

他便「咦咦咦咦」地大呼小叫地說道：

「就正常邏輯思考，您這是『被詛咒』了吧？」

我心想正是如此。照理說是這樣沒錯，換句話說——

那個劍祓是允許、指引魄魖魔入侵。

準備這樣物品的人物，在詛咒田原家。

「嗯？等一下，話說您那個熟人也有可能不知道那是魔導符吧。不過，就算如此——」

岩田盤起胳膊，閉上雙目，開始苦思。

我站起來衝出餐廳。

腦海中立刻推翻了岩田方才的疑問。

對方怎麼可能不知道魔導符。

那傢伙——唐草大悟可是民俗學者啊。

六

粗暴地打開民俗學研究室的門，大步地走進沒有其他人在的室內。唐草坐在最裡面靠窗的寬廣座位上，似乎已改完試卷。

「我剛才——知道魔導符的事了。」

態度自然隨意地對他說話。唐草抬起頭，面不改色地回答一句：

「是嗎？」

我立刻用手背狠狠地揮向身旁書架上陳列的書背。「碰」一聲的同時，唐草臉色為之一變，立刻站起來勸阻：

「別那麼粗魯——」

「你詛咒了田原家吧？」

我踏出一步逼近唐草，正面凝視他。我們兩人的身高幾乎沒有差距。唐草的嘴角旋即勾起一抹淺笑：

「詛咒？是香奈小姐這麼說的嗎？如果不是，就稱不上是我『詛咒』的。對方必須先有『被詛咒』的認知，才構成『詛——」

「給我閉嘴，呆子！」

我操著關西腔怒吼他。儘管很久沒發音，還是自然而然地發出威嚇感十足的聲音。

唐草顯然感到畏怯。

「——你不是對香奈小姐有意思嗎？」

我故意改回標準語問道。

唐草回避我的視線：

「我本來打算只要她答應我的追求，就立刻收手的。」

邊回答邊將整個身體轉向旁邊。

「你都老大不小了，在搞什麼啊？」

我忍俊不禁，嘴裡吐出百分之百的嘲諷。

唐草再次望向我，眼睛充血地也笑出來答道：

「總比田原好吧。」

大概是認為我不明白他為何這樣說吧，旋即一五一十地道出事情的原由：

「今年初我們久違地在新宿的居酒屋見了一面一起喝酒。見面之前，我純粹開心地能與田原相逢，算是敘舊吧。但是——我立刻打從心底地感到厭煩。開口閉口都是小孩的事。小孩、小孩、小孩、小孩！再不然——」

他充血、烏黑暗淡的臉龐，浮現僵硬的笑容。

「——就是經常光顧的風月場所，跟職場上玩了幾個女人這種話題。」

唾棄般地說道。

「在酒館聊的話題不都是這樣嗎？更別提有小孩的上班族了。」

我只是提出一般見解，沒打算做個好聽眾，聽唐草抱怨他這跟在酒館裡發牢騷沒什麼兩樣的行為。

「我也是那麼想啊。」唐草從鼻間發出冷笑，「不對——從很久以前我就抱持著這種想法活到現在。大學裡也是大同小異。幾個了不起的教授喝酒時聊的同樣不外乎是小孩或女人的話題。我就這樣陪他們好幾個小時、好幾天、好幾年了。」

唐草在椅子上落坐問我：

「你心裡不會想說與我何干嗎？野崎。」

見我未答，他便一副迫不及待似地舔拭乾澀的嘴唇，驀然溫柔微笑道：

「從你最初來採訪我時，我就從你身上聞出同類的味道。」

「同類？」

「沒錯。比起組織家庭、養育小孩、有空就賭博或玩女人，有更重視、想放在優先順位的事情，對其傾注全部的熱情，奉獻整個人生。就是這種人的味道。之於我是民俗學，之於你則是靈異。對吧？」

「這個嘛——」

「你也……」唐草打斷我的話，「不想知道別人家的孩子在上哪所學校吧？用電腦偷看些什麼根本無關緊要吧？有其他更想知道、更想調查的事情吧？」

他目光灼灼，越說越激動。

「什麼女下屬對自己有意思，開把一定給上；什麼外遇的女大學生好像有神經病，想跟她分手，結果當天又上了。老是被迫聽這種話，不會心理扭曲嗎？不會覺得浪費我的時間嗎？不會想要當面勒死一副像是在傳授把妹技巧，說得沒完沒了的下流胚子嗎？我受夠了！連過去的朋友都淪為這種人！我總有權利詛咒一個小鬼跟一個女人吧！」

唐草終於大聲吼叫。唾沫飛濺桌面，指尖揮到的答案卷漫天飛舞。細心梳理的頭髮凌亂，深邃端整的五官醜陋地扭曲。

也不顧怒吼聲是否會傳到走廊，此刻這一瞬間是否會有人進房。應該說，他壓根沒想到有這種可能性吧。

我一語不發地看著唐草。

看著他急促的呼吸平緩，開始疲憊時我說：

「那我就跟你聊聊你喜歡的話題吧，唐草老師。」

唐草沒有回答，沉下腰坐上椅子仰望我。

「有一種妖怪叫作共潛（tomokaduki）。和魄魑魔一樣，都是三重縣所流傳的妖怪。」

「是啊。」唐草以低沉的聲音接著說：「不過，是流傳於志摩的海邊。那是海女們畏懼的妖怪。剛才提到的五芒星九字紋，就是用來驅逐共潛的。」

「聽說共潛會化身為一般海女的模樣——與目擊者一模一樣的姿態。」

「是沒錯啊。」

唐草一臉狐疑地回答。大概是不明白我說這些話的用意吧。

「以一介三流靈異撰稿人粗淺的見解來說，」我浮現自嘲的笑容，「應該是分身現象轉變而來的吧？目睹和自己一模一樣的存在，數日後便會死亡的這種古今中外普遍傳說的現象……」

「也有專門研究這方面的專家。所以呢？」

唐草口氣不耐煩地問道。

我眺望著他身後的窗外，一鼓作氣地說：

「據說共潛會將海女拖到海底殺掉。所以目睹共潛的海女，基本上不會再潛到海裡——可以說是提早退休。畢竟有過攸關生死的經驗，也是理所當然的吧。但有趣的地方在於，據說除了目睹共潛的海女本人以外，其他聽聞過這段經歷的海女也紛紛暫時停工。怕成這種程度，實在是非比尋常。」

唐草沉默不語。我凝視著他的雙眼：

「老師，為何海女如此懼怕共潛呢？」

「畢竟大海本來就已經夠可怕了。不管共潛出不出現，一直潛水是會喪命的。」

他語帶嘆息地說。他似乎沒打算認真思考回答，但也不會胡說八道——必定根據一定的事實回覆。從這一點看來，只要事關工作，無論遇到何種狀況，他都會認真以對吧。真令人欽佩。

「原來如此。依照老師的解釋，共潛是對大海的畏懼本身囉。」

「那只是膚淺的想法。就算獲得證實，也毫無學術上的價值。」

「我的看法就不同了。」

我如此說道，雙手抵在唐草的桌上，從上方俯視他。

看著觀察我態度的他開口：

「人們自古以來就認為和自己一模一樣的東西十分駭人。甚至傳述不能看見，看到就會死亡。那是為什麼？現在的我能明白。起碼我感覺我能了解。」

我停頓片刻，接著說道：

「那是因為——面對自己的醜陋、厭惡、懦弱、愚昧，痛苦得難以忍受。看著您我就徹底明白了。拜您所賜，我現在心情糟透了。」

我對表情錯愕的唐草拋下一句：「真是多謝您了。」便人不帶髒字地離開研究室。

我一邊下樓一邊拿出手機，打算聯絡真琴。既然劍祓完全無效——甚至有招魔的作用，就必須讓真琴立刻布下結界，更別說現在知紗有可能遭受某種攻擊了。我開始後悔剛才跟唐草廢話太多了。

岩田傳來一封郵件，主旨是「矮牽牛通訊掃描檔」。

我開啟附件檔案，打算快速瀏覽過一遍。

顏色變成褐色的紙上，羅列著密密麻麻，有些彎曲的鉛字。

老嫗的照片、小標、本文。

我快速讀過字面，立刻便理解了狀況，明白知紗身上發生了什麼事。

老婆婆的談話中如此寫道：

〈……就連魄魕魔這個妖怪，我也是從父母和親戚那裡聽來的。據說平常棲息於山中，偶爾會下山擄人，帶回山上。所以當我晚上不睡覺時，就會聽到『魄魕魔要來囉！』『會被帶到山中喔。』這種嚇人的話。除此之外，也曾聽過魄魕魔會模仿父母或兄弟姊妹的聲音，引誘小孩到山上。一人獨處時，就算聽見遠方傳來媽媽的聲音，也不能循著聲音過去。身體突然擅自想往其他地方去時，也不能任由它行動。因為那是魄魕魔搞的鬼。同樣的妖怪，傳言也會有微妙的差異。像是姑獲鳥這種妖怪，也大致分成兩種說法流傳。一種是鳴叫聲，一種是讓女人抱小孩的版本。對這種事情感興趣，我是不是很奇怪……〉

『我開擴音喔。』

手機另一頭的真琴說。雖然她輕輕吸鼻水的聲音讓我在意，但我立刻打消念頭說道：

「真琴，馬上在那裡布下結界。」

七

轉動Bellissima上井草三〇二號房的門把後，門毫無阻力便打開了。

聽說真琴為了保護香奈和知紗，一個人在陽臺對抗魄魕魔受了傷。

我奔過走廊，來到客廳，倒抽了一口氣。看見沾滿鮮血的破碎玻璃窗，強忍著快要吶喊出聲的衝動，跑了過去，跨越玻璃片，望向外頭。

一片通紅。陽臺地板、凹陷的欄杆、彎曲的曬衣竿、衣架，全都血淋淋的。

真琴不見蹤影，但也沒有可躲藏的地方。

繩結掉落在陽臺角落。鄰近的地板上到處印有赤黑色的小小手掌印。

眼前的光景與腦海中描繪的最糟情況，令我背脊瞬間發寒。身體不適地低下頭後，發現散落腳邊地毯的玻璃碎片也血跡斑駁。

室內有玻璃碎片。

我環顧四周。來的時候心急如焚，以致於沒發現和室的門脫落倒塌，餐桌移動到廚房入口。牆面也到處凹陷，壁紙剝落。

甚至闖入了室內嗎？既然如此——

我進入和室。室內一如往昔整整齊齊，沒有「爭鬥過的痕跡」，真琴也不在。佛龕上供奉著劍祓——不對，是唐草的魔導符。我抓起魔導符，猶豫了一下，撕成兩半扔掉。

走出和室，推開餐桌進入廚房。也不在這裡。

「真琴！」

在思考之前，我已先開口吶喊。「妳在哪裡！」緊接著衝出廚房後，我注意到走廊地板上血跡斑斑，一路向前延續。

血跡描繪出之字形軌跡，途中轉彎，一路延續到盥洗室。

盥洗室被破壞得慘不忍睹。

洗衣機倒臥在地，置物架折斷。白色洗臉臺出現巨大裂痕，鏡子連同整個化妝檯被扯下牆面，倒在浴室門前。鏡面反射出我愚蠢的臉。

視野捕捉到粉紅色彩。真琴的頭髮、血紅的手，被壓在鏡子的化妝檯下。

我跨過洗衣機，抬起化妝檯後，便看見渾身是血的真琴癱倒在地。

「真琴，妳還好嗎！」

我抱起她，雙手傳來溫暖的觸感。雖然被血濺髒的臉龐面如死灰，但還有氣息。眼睛半睜，似乎失去了意識。任憑我怎麼搖晃、呼喚都沒有回應。

我費了一番功夫掏出手機，想要撥打一一九，手指卻因為血液打滑，觸控面板沒有反應。別著急。我克制呼吸，別讓它變得急促，慢慢地用手指摩擦面板。

真琴的臉頰、手臂、肩膀都受了傷。雖然被鮮血遮蓋住，不易辨識，但她身上隨處可見，描繪出弧形般上下並列的凹陷傷口，那無疑是齒痕。右肩特別深的傷口閃耀著黏稠的光芒，血尚未止住。

我說出地址掛斷電話後，抱起真琴返回客廳，讓她躺在沙發上，再次折回盥洗室借用毛巾按住傷口。

白色毛巾逐漸染紅。我加強力道，真琴發出輕微呻吟。

我多次呼喚真琴。她烏黑的大眼盯著虛空，片刻後才慢慢聚焦。

「……知、知紗呢……」

「和香奈小姐去京都了，目前平安無事。」

「這樣啊……」

真琴在痛苦中露出些許安心的表情，「呼」地吐了一口氣。

「那玩意兒──怎麼樣了？」

為了保險起見，我問道。雖然不認為祂在現場，但也可能是我察覺不出罷了。

真琴苦著一張臉回答：

「鏡、鏡子……」

因為聽不懂話中的含意，我沉默著不知該如何回應。

「鏡子怎麼了？」

我好不容易擠出這個問題後，真琴呼吸難受地吐出：

「只……只有一根繩子，不好對付……不過，」

「不過？」

「我想祂應該討厭鏡子……就跑到盥洗室。」

我大致理解了狀況。盥洗室的鏡子，似乎在岌岌可危之際，保護了真琴。

這個真琴怕得直打顫，她姊姊斷言「極為難纏」的魄魑魔，竟然也厭惡傳統的避邪物——鏡子。

我表示領會後，真琴發出微弱的聲音低喃。我將臉湊近她，她斷斷續續地說：

「……你……是來，救，我，的嗎……？」

我觸碰她冰涼不已的臉頰，在腦海裡說服自己一定要冷靜回答：

「正在救的過程中，別鬆懈。」

「……咕呵。」

真琴突然發出奇妙的聲音。濺血的面容浮現虛弱的微笑。

剛才那是——笑聲嗎？

真琴用她那雙大眼凝視著我，擠出這句話：

「……野崎你，果然，很帥氣呢……」

隨後劇烈地咳嗽，視線再次變得朦朧。

不能讓她睡著。要不然可能再也醒不過來了。我頻頻拍打真琴的臉頰。

她瞪視著我——

「喂……」

發出嫌惡的聲音。

「別睡，睡了會死掉喔。」

嗚笛聲越來越近，我不斷呼喚真琴，直到救護人員按響門鈴。

八

我不知該如何向醫生解釋原因，總不能說是被妖怪咬傷的吧。

話雖如此，還是比逢坂那時好多了。

由於逢坂沒對家人透露自己在當靈媒幫人除魔，因此極難向警察和遺屬說明手臂被扯斷的來龍去脈，以及當天她為何會在那時位於那家咖啡廳。即使坦承一切，我也不認為心慌意亂的丈夫和號啕大哭的孩子們能夠接受。於是我堅稱自己一無所知，拋下逢坂的家人，逃也似地離開醫院。

真琴傷得很深，出血也很嚴重，所幸性命並無大礙。看見在病房裡臉部、全身都纏滿白色繃帶入眠的她，我鬆了一大口氣。

但接下來才是問題所在。

起初真琴還有朧朦的意識，但住院後卻始終沉睡不醒。

主治醫生說，這跟意識不清或昏睡不同。雖然呼吸略微混亂，也有發燒，卻檢查不出她為何失去意識、遲遲不醒。

「我也曾懷疑過是不是病原菌造成的，但檢查結果似乎顯示並非如此。我只能保證不是狂犬病……」

白髮蒼蒼的醫生表情困惑地說道。

「這樣啊。」

「還有，她腹部有手術過的痕跡，以前罹患過什麼疾病嗎……？」

「好像得過癌症的樣子。大約五年前，摘除了整個子宮。」

我語氣平淡，不帶感情地告知。

「原來如此。」

醫生深表同意地說道，隨後又開口詢問：

「那麼……你知道那些像咬傷的傷口，是怎麼造成的嗎？」

「不知道。」

我如此回答。

醫生看來接受了這個答案，但警察可就沒那麼好糊弄了。

真琴住院一星期後，有個男人來找我。

「您認識這名女性吧。」

黃昏時分，在醫院附近的咖啡廳。

一名個頭矮小，皮膚黝黑，自稱福岡縣警，姓村木的中年刑警。他如此說道後，拿出一張照片給我看。

照片裡是一名年過三十的女人，穿著類似睡衣的服裝，背對白色牆面。

是田原香奈。

我之所以無法立刻認出她來，是因為照片裡的她死氣沉沉，表情空虛，宛如亡魂或殭屍。

也有部分原因是她穿著睡衣般的服裝，又脂粉未施吧。鐵青的面容肌肉鬆弛，眼神迷離地望著前方。

「上週在博多站希望號的廁所被人發現。是沒有受傷啦，但精神狀態不正常。簡單來說就是……」

村木用食指在腦袋旁邊轉了轉。我立刻理解了他的意思，但還是第一次親眼目睹這種老派的手勢。

「怎麼可能？」

「是真的。她目前在專門醫院接受治療。」

村木停頓片刻，接著說道：

「我們是憑健保卡得知她的身分，尋找認識她的人，最後查到這裡的。野崎先生，聽說您最近跟她走得很近。」

村木目光銳利地看著我，看似不想漏看我任何言行舉止。

我簡潔地表示肯定，旋即又想起一件事。

「她女兒呢……？」

「下落不明。」

村木立即回答。如猴子般的額頭皺紋更加深刻了。

他隔著衣服指了指收進胸前口袋的照片：

「就算問她話，也完全不得要領。幾乎可確定她是和女兒一起上車的吧。座位上擱著小孩的外套。那麼是從新幹線上掉下去的嗎？也沒有那種跡象，門窗並未損壞，正常行駛中手動緊急門把是不會開啟的。」

我沒有回答。因為我輕易地便能推測出知紗失蹤的理由。

知紗是被䰧魕魔「帶到山上去了」。

雖然不知道是被殺掉、擄走，抑或是被擄走後殺掉，但推斷她們是遭到那玩意兒攻擊是最再自然不過的想法。

「野崎先生。」

村木假惺惺地笑道：

「據說這位田原太太，前陣子才剛失去老公。」

「是的。」

「你是第一發現人。」

「沒錯。」

村木輕聲低吟後，尖銳地提問：

「我就直問了，你和這位田原太太的家人是什麼關係？」

我撇除關於䰧魕魔的事情，陳述事實。

自己是透過共通的熟人認識田原秀樹，開始和真琴一起與他們一家人來往。雖稱不上是朋友關係，但還算親密。田原秀樹過世後也依然保持聯絡。至於香奈和知紗，則是真琴和她們交情比較好。

村木時不時會插嘴提問，但並未胡亂懷疑，而是普通地詢問。

和他分別後，我返回真琴所在的多人病房。

真琴躺在純白的病床上沉眠。棉被規律地微微上下移動，臉色雖然蒼白，表情卻很安穩。

知紗行蹤不明。香奈則是精神異常，被安置在精神病院。

真琴若是知道這些事，肯定會大受打擊、失去理智吧。即使帶傷也要去見香奈，尋找知紗吧。

我擔心她尚未清醒，希望她復原的心情不假，但唯獨這時，我卻慶幸她熟睡不起。

九

真琴住院，經過了半個月。

我盡量在工作之餘，經常去探望她。

真琴沒有清醒。醫生說原因不明。縱然全身的傷口、出血已治療完畢，復原速度卻極為緩慢，尤其是肩膀的傷，甚至開始化膿。

多人病房飄散著一股膿臭味。

房內的氣氛沉重陰鬱，感覺連其他住院患者也落落寡歡。

甚至有種光是去探望她，光是待在病房裡，體力便逐漸耗弱的感覺。

即使如此，只要時間允許，我都會陪在她身旁。真琴的病床在病房的最外側，靠近走廊那一邊。我坐在她的病床旁，看守她。有時會帶著筆記型電腦撰稿。因出版業蕭條導致工作減少，是我從以前就煩惱到現在的事情，但能因此抽出時間，倒是值得慶幸。

我望著仰躺在床的真琴的臉，腦中湧現迷惘，內心縈繞著不安。

知紗跑到哪裡去了？

要是真琴就此沉睡不起。

最合理的對策是什麼？

是尋找知紗嗎？

還是探查魄魕魔？

可是，要怎麼做？

我不知道。

那拋諸腦後就行了嗎？

反正是別人家的事，只要回到自己的日常生活就好了嗎？

沒錯。就是這樣。

我再次沉浸於憎恨之中。與唐草一樣醜惡。

真琴會落得這樣的下場，都是因為跟別人家的孩子扯上關係。

因為插手去管有孩子的父母招惹上的麻煩事。

連自己的孩子都保護不了的父母，我何必再繼續陪他們蹚這攤渾水。

別人家的孩子跑哪兒去，狀況如何，關我屁事。

結束了。這件事到此完結。

我和真琴要若無其事地回到日常生活。

「知……紗……」

真琴發出微弱的聲音說道。我抬起頭注視，她蒼白的臉稍微扭曲了一下，立刻恢復原狀，再次傳來安穩的鼻息。

於是我再次不知所措。

真琴連在夢中——假設她正在做夢——都在擔心知紗的安危，將她放在心上。

要是她清醒過來，肯定不管傷有沒有治好，都會想辦法去救知紗。

這樣的她，能聽進去我說的話嗎？

重點是，我能說服她遺忘這件事，回到日常生活中嗎？

面對工作，無論作業、調查、人際關係紛爭再怎麼麻煩，我也毫不在意。唯獨面對真琴時，我的腦袋、內心全都糾結成一團。

村木來找過我幾次，問了林林總總的問題。地點總是約在醫院附近的咖啡廳。話題提及田原秀樹的死，順勢也提到了逢坂勢津子。

「她在你們業界很有名嗎？」

「是的。因為她是以假名在活動，好像也瞞著家人的樣子。」

「這樣啊。不過，說是偶爾，還真是不可思議呢。」

他露出一口白牙說道：

「有人死亡或下落不明時，你一定會送另一人到醫院呢。田原先生過世時是逢坂太太；香奈女士和知紗時則是比嘉小姐。」

我沒有回答自己是想要保護田原家不受妖怪傷害。逢坂和真琴也是如此，卻受到妖怪攻擊。田原家是被妖怪害的——事情非常簡單，難就難在「妖怪」這一點。

村木似乎眼尖地發現我不知道該如何說明。

「小孩找到了嗎？」

我問道，刑警搖了搖頭說：

「已經證實小孩有一起搭乘希望號，但之後就查不到任何消息。」

我預想最糟糕的結局。

「我想問比嘉小姐話。」

村木喝了一口咖啡說道。

「不行——她還沒恢復意識。」

「那麼，可以讓我親眼確認嗎？」

言外之意是表示不信任我說的話，村木淺淺一笑。

我帶他回到病房後，村木抽動著鼻子一臉不悅，站著直盯著沉睡的真琴，故意嘆了一口氣。

「這也是偶然嗎？」

村木說。

「這話是什麼意思？」

我反問後，他凝視著我說：

「意思是，你周遭接二連三地有人死去、受傷、發瘋是偶然嗎？」

當然不是偶然。不過——

村木緩緩向我靠近一步，狠狠瞪視著我，單刀直入地質問：

「你知道內情吧？差不多該據實以告了吧。」

「可是——」

「在這裡不能說的話，我可能得請你到警局坐坐了。」

刑警毫不避諱地說道，已經不再隱藏對我的懷疑。

病房裡的視線全集中我身上。患者和探視人困惑又好奇的眼神。平常的我勢必不會在意吧，反而還很輕蔑老是顧慮別人眼光的人。不過，這時我卻難以忍受周遭人的視線。

真琴負傷不起。

田原喪命、香奈精神異常、知紗不知下落。

唐草表露出的醜陋姿態，與我如出一轍的憎惡嘴臉。

再次懷抱起那份憎惡的自己。

正當我對這幾個月發生的一切事情湧現後悔、罪惡感與自我厭惡，腳步踉蹌時——

「打擾了。」

一道女聲將我拉回現實。

我回頭望向聲音來源處，一名個頭比真琴還要嬌小的女子，悄悄走進病房。她將一頭黑髮紮成馬尾，黑眼濃眉，年齡大約三十歲左右吧。

身穿深藍色毛衣與穿舊的牛仔褲；腳穿愛迪達運動鞋；手戴黑色皮手套；抱著褐色羽絨衣。女人慢步朝這裡走來。說了聲不好意思後，穿過我和村木旁邊，在沉睡的真琴身旁停下腳步。然後目不轉睛、表情沒有變化地凝視她。

我和村木一語不發地觀察她的動向。

不久後，她抬起頭望向我說：

「您就是野崎先生嗎？」

「沒錯，請問您是——」

我一問，她便低下頭：「不好意思，自我介紹晚了。」

「我是比嘉真琴的姊姊。」

沉靜卻明確地說道。

真琴口中的「姊姊」。

聽她這麼一說，她的聲音確實跟話筒傳來的聲音別無二致。

可她長得一點兒也不像真琴。

相似處只有同樣是濃眉，真要說的話，她的五官較為古典。身材不像真琴那樣苗條，有一點肉。而她全身飄散出的穩重威嚴氣息，是真琴所沒有的。

「我得知真琴狀況不太好，便來探望她。因為發生出乎意料的事情，令我有些不知所措，連聲招呼都沒有打，真是抱歉。」

她說是這麼說，可口氣和態度卻絲毫看不出有哪裡不知所措，十分冷靜沉著。她那窺探不出感情的部分，也與真琴有著天壤之別。

「容我再次失禮問一下，這位是——？」

她望向村木說道。村木秀出警察證件，報上姓名後開口：

「我有事想問這位比嘉真琴小姐——您的妹妹。」

「真琴做了什麼嗎？」

真琴的姊姊詢問。

村木面帶笑容：

「那倒沒有，只是我正在調查某個事件，疑點重重，便想請教這位野崎先生和令妹是否知道什麼內情。」

「那是——」

她將整個身體面向我和村木說道：

「——田原一家的事件吧。」

村木目光如炬，嘴角的笑容褪去。當他開口想要說些什麼的瞬間——

「他們家的問題不是警察有辦法解決的。」

響起她刺耳的聲音。

聽見她這句率直無比又準確無誤的話，我倒抽了一口氣。整個病房的視線都集中在嬌小的她身上。

「怎麼說？」

村木以蘊含怒氣的語調說道，瞪視著她。慢步走近，俯視她。

她思考了一下，先拋出這句前言「雖然這沒有回答到您的問題，」輕聲說道：

「不過請您轉告警察廳長官的桐島先生，說這件事是屬於我——比嘉琴子負責的範疇。」

村木不為所動，甚至還「哼哼」地用鼻子冷笑了兩聲，挺起下巴嘲諷似地對她——比嘉琴子笑道：

「妳以為搬出大人物的名字就能嚇唬我嗎？」

琴子也面不改色，筆直地仰望村木：

「不。只是剛好有機會就確認一下罷了。姑且是放心了。」

「妳這話是什麼意思？」

「因為明白我的情報並未『淪落』到地方轄區那裡。」

琴子說完後，從口袋拿出手機，單手掀開手機蓋。

無法了解她這句話的正確含意，但在一旁的我也聽得出顯然是在挖苦他。

她不著痕跡、間接又露骨地指桑罵槐，揶揄村木「不過是個無知的小警察」。而且話音一落便玩弄起手機。

村木皮笑肉不笑地瞇起眼睛望著琴子。琴子面無表情地回望他，將手機抵在耳朵。不久後——

「承蒙您照顧了，我是比嘉。能否耽擱您一點時間？是的、是的——不，那件事用不著我出馬也無所謂。是的，就是現在。一下子就好。對，能否麻煩您跟他說一聲，我把電話拿給他。謝謝您——是的，是福岡縣警一位叫作村木的先生。」

說到這裡，「請接吧。」琴子遞出手機。村木目瞪口呆地回答：

「我參不透。要我接電話做什——」

「是桐島先生。」

琴子打斷村木。語調雖輕，卻不容分說。笑容再次從村木的臉龐消失。

「——要是妳敢耍我，我可饒不了妳。」

村木一邊抱怨，單手接過手機。

「喂？我是福岡縣警的村木……咦？」

說到這裡，他僵住不動，雙眼逐漸睜大。

「小松原？不，是哪裡的……啊！總局……咦……啊！是！非常感謝您的關照！是！失禮了！不，我以為她說長官肯定是惡作劇……是！非常抱歉！」

說完時，村木挺直背脊，雙手恭敬地握住手機。不時對琴子投以畏怯的視線。

我和病房裡的人全都沉默不語，關注事態的發展。不過，已經了解大概是什麼樣的狀況了。

真琴的姊姊——琴子認識警察高官。起碼是知道警察廳長官的聯絡方式，能直接通話的那種關係。

而琴子本人則始終頂著一張撲克臉，凝視著俯首惶恐的刑警。

「是！這件事是！屬下明白了！是，當然！我會向她表達我的歉意。是！」

通話似乎結束的樣子。村木神情恍惚地將手機交還琴子。

「您理解了吧。」

琴子溫和地問道。村木露出一副不明所以的表情：

「妳，不對，是您……」

「桐島先生沒有告訴您嗎？」琴子再次打斷村木，「立刻抽手，別管這件事，禁止探查任何關於我的事。」

筆直凝望著他說道。

村木瞬間露出呲牙裂嘴的表情，又立刻縮了回去，小跑步離開病房。皮鞋聲漸行漸遠。

琴子望著門口，片刻後輕聲嘆息，自言自語道：

「麻煩死了。」

多虧了她，本來我面對的麻煩事，算是解決了。是不是該向她道謝？無論如何，都必須向她說明吧。

向她解釋真琴為何會落得如此下場，以及現在的狀況。

眼前的嬌小女人再次看著真琴，冷不防地冒出一句：「野崎先生。」

抬頭問我：「您知不知道真琴的戒指跑到哪裡去了？」

我一時驚慌失措，但立刻回答：

「好像是借人了。田原家的太太打電話說過，孩子的手上拿著她的戒指。」

「原來如此。所以才——」

琴子手抵下巴：

「附了那麼多無謂的東西啊。」

四處翻找手上抱著的大衣——

掏出菸盒，抽出一根菸啣在嘴裡，用打火機點火。

一名在隔壁床注視琴子的老奶奶患者，竭盡全力提高她虛弱的嗓門提醒：「那個，病房裡——」但琴子不予理會，深深吸了一口菸，以指尖捏住香菸離口後，朝真琴的身體「呼」地吐出煙霧。

「喂！」有人怒吼。我循聲望去，看見一名探望靠窗患者的中年男子，怒氣沖沖地直往這裡走來。

但他立刻一臉訝異地止住腳步。

我也馬上明白理由。應該說，是感受到。

室內的空氣明顯有所不同。方才飄蕩的沉重陰鬱之氣散去，甚至感覺室內光線變得明亮。連膿的惡臭都幾乎散消無蹤。

患者和探病者似乎都感受到了這一點，室內逐漸充滿喧囂。

我突然在腦海將她的行動、結果與小時候讀過的妖怪書籍中的記述相互連結。我，抬起頭望向她。

琴子再次吸著菸，與我四目相交說道：

「對付這類玩意兒，用這個最有效。最近用除臭劑好像也挺管用的。」

「有東西附在她身上嗎？」

我問道後，她便點頭回答：「對。」

「祂在傷口殘留的——算是妖氣吧，似乎吸引了飄蕩在這一帶的低級妖魔。有部分原因應該也是因為她的戒指不在手上吧。那枚戒指隨時會張開小型的結界。」

一副理所當然地解釋道。

比嘉琴子。

真琴的姊姊。凌駕其上的靈媒。

連警察的「大人物」也敬她三分。

在病房裡一口接一口吸菸的她，令人無比敬畏。

「……姊……姊……」

真琴呻吟道。

她微微睜開眼，我連忙衝向她的枕邊。我呼喚著她的名字，她的眼神才慢慢聚焦望向我，然後轉動脖子望向琴子。

「姊……？」

「好久不見了呢，真琴。」

琴子面不改色地說道。

真琴想要撐起身子，卻皺起臉孔，好像拉扯到了傷口，但她仍舊堅持坐起來。我用手支撐她，幫助她坐起身。

「各位，給你們添麻煩了。敬請見諒。」

琴子將香菸捻熄在攜帶型菸灰缸，並且以富有穿透力的聲音說道。挺直背脊，望向病房裡的所有人。

患者和探病者同樣感到困惑，但大概是因為親身體會到多虧了琴子香菸的關係，空氣才顯然與剛才大不相同。有些人模棱兩可地發出低吟；有些人一副若無其事地挪開視線。有人呢喃「不會、不會」的聲音，在房內稍縱即逝。

真琴在病床上坐起身子，想要說些什麼。琴子面向她說道：

「那麼，能把狀況說給我聽嗎？」

十

真琴將在田原家為保護香奈與知紗而受傷的前因後果，告訴姊姊。或許是因為之前一直靠點滴過活的關係，聲音微弱，說話顛三倒四，有時不知所云。不過，琴子每次都會冷靜地提點，因此才能聽得懂大致的原委和狀況。

我順勢將真琴住院後至今，從村木那裡聽說的事情告訴她們姊妹。當話題提及知紗失蹤時——

「知紗嗎……？」

果不其然，真琴一臉愕然，衰弱的臉龐浮現不安與焦躁之色，望向我。我點頭稱是後，她閉上雙眼，做出沉思的動作。

「不行喔，真琴。」

坐在鋼管椅上的琴子聲音高亢地說道。真琴猛然驚覺地抬起頭。

「就算妳心急如焚地到處尋找，也找不到她。更別提妳現在狀態虛弱了。」

「可是……」

「現在專心聽野崎先生講話。」

受到姊姊的勸誡，真琴垂下頭沉默不語。她對姊姊抱持的情感已經超越尊敬和思慕，順從得可說是畏懼。

我說完後，琴子吐出一句「非常謝謝您」，接著便默不吭聲。想要拿出菸，又立刻作罷。似乎與驅邪無關，只是單純愛抽菸。

琴子看也不看手上的香菸，只是凝視著一點沉默。

「姊姊。」

真琴耐不住性子，以軟弱無力的聲音呼喚她。琴子卻依舊低著頭，不發一語。

「姊姊……？」

琴子終於抬起頭，依然面無表情，看不出她到底在思慮些什麼。與宛如南國少女的真琴截然不同的平板五官，沒有特別出色的部位，卻與眾不同。硬要形容的話，算是「妖精」吧。琴子的容貌有種虛無縹緲的感覺，毫無真實感。

她開啟不厚不薄的唇瓣：

「真琴，妳想救知紗嗎？」

突然如此說道。我一臉困惑，而真琴則立刻回答：

「妳的意思是……知紗還、還活著嗎……？」

「對。」琴子微微頷首，「在『遠方』。」吐出這句令人摸不著頭緒的話。

然而，真琴似乎了然於心，倒抽一口氣，將棉被緊攥在手裡望向姊姊。

我想起真琴和田原初次見面時，對他說過的話。

（那個叫什麼來著的傢伙。）

（基本上是位於遠方。）

遠方、異世界、亞空間、彼岸、常世國。

不知哪個詞彙比較普遍，但魄魕魔似乎存在於人世之外的場所。

若是琴子所言不假，知紗就位於那裡，性命尚存。

說穿了，就是遭到誘拐、綁架。

「那麼，」真琴一邊呻吟：「必須……馬上去救她才行。」

說完後撥開棉被，將腳伸下床。

「等一下，真琴，妳現在這種狀態——」

「可是知紗，還有香奈小姐她們……」

我阻止試圖雙腳落地的真琴，卻被她揮開手：

「幹嘛阻止我啊！」

「真琴。」

消瘦的面容，目光蘊含慍色狠狠瞪我一眼。

我勉強吐出這句話，她咬著蒼白的嘴唇說道：

「你又要……叫我別管別人家的孩子了嗎？」

「不，那是——」

她一雙大眼淚眼婆娑，身體不住顫抖。

當她吸了一口氣，想要對我說些什麼的瞬間——

「給我躺好。」

琴子嚴厲地命令。

真琴面向姊姊，咬緊牙關：

「可是——」

「那些傷，」琴子努了努下巴，指向她的肩膀，「妳自己也明白不是普通的咬傷吧。」

真琴緊抿雙唇沉默，輕輕點頭。

「這是什麼意思？」

我插嘴提問後，琴子便仰望我：

「被那東西咬到，毒性會侵入全身，非常危險。但我所謂的毒，並非毒物。算是妖氣、瘴氣吧——您還記得高梨先生嗎？」

我點頭表示肯定。他是田原秀樹以前的部下。被疑似魄魕魔的存在咬傷，長期住院，辭掉工作回老家了。

「他去年過世了。」

琴子毫不猶豫地如此告知。緊接著說：

「死因是休克，但據說他臨終時衰弱至極，甚至無法站立。他父親看起來悲痛欲絕。」

「您的意思是——」

「我也到處調查過了。」

她回答。

我望著她的臉：

「這麼說來，要是真琴繼續這樣下去，會和高梨一樣——」

「沒錯。」琴子若無其事地斷言：「到處行動的話，恐怕會加快毒素運行。」

感覺自己逐漸口乾舌燥，心跳加速。我無言以對，望向真琴。真琴低下頭，咬著嘴唇。

真琴──會死掉嗎？

當我一臉愕然時，琴子說：

「別擔心。」

她冷靜地分析：

「只要真琴將力量──集中於注入體內的毒素，應該有辦法解決。即使沒有足夠的力量與『祂』抗衡，解毒這點能力總是有的。所以──」

她停頓片刻，凝視真琴，厲聲說道：

「我才叫妳躺好，真琴。知紗的事先暫時擱在一旁。」

她的口吻令真琴退怯了一下，但又立刻將身體向前傾：

「怎麼可以……必須去救知紗才行。」

如此極力爭辯。

「妳說擱在一旁，是要什麼時候才去救她？她不是還活著嗎？」

「沒錯。」

琴子回答。

「雖說還活著，也不知道何時會遭遇不測對吧？」

「是啊。」

「既然如此——我必須……」

「真琴。」

琴子緩緩站起身。她那宛如兒童般嬌小的身體散發出不相稱的壓迫感。

琴子目不轉睛地盯著欲言又止的真琴，不久後，輕聲說道：

「這種時候，妳眼前不是有個正合適的人才嗎？」

真琴大吃一驚：

「妳是說……」

「收費——就算妳『親情價』吧。」

琴子說出分不清是玩笑還是正經的話。

真琴露出不知是苦惱、喜悅、心酸或是全都包含在內的複雜神情，將視線落在手上。

病房陷入一片沉默。我看著她們姊妹倆一語不發。

不久後，真琴眼眶泛淚地望著姊姊，以顫抖的聲音說道：

「救救知紗吧。」

「本人在此承接您的委託。」

琴子事務性地如此回答，點頭頷首後，突然面向我說道：

「野崎先生，為了節省經費和提高效率，能請您協助我嗎？我會支付報酬的。」

十一

時序進入臘月。空氣更加嚴寒，街上既熱鬧又匆忙。

每日工作之餘，我都會去探望真琴。雖然她一度恢復意識，與我和琴子對話，但我去病房時，她大多在沉睡。護理士說傷口復原得很順利，但脈搏減緩，代謝也跟著下降。

是毒！殺死高梨的毒。

真琴正在對抗魄魕魔的毒素。

我也去安置香奈的精神病院探望她。她連自己的名字，還有我和真琴都忘了，卻依稀記得知紗。

只是——碰到那玩意兒，知紗被擄走的恐懼似乎侵蝕到她的精神深處，會突然陷入恐慌，被醫生壓制。

若是把知紗搶回來，讓兩人重逢的話，她是否會恢復正常呢？

一切都是未知數。

說到未知，比嘉琴子派給我的工作也是如此。

十二月中旬，下午四點，ＪＲ京都站。

琴子身穿套裝，出現在人潮洶湧的中央出口與我碰面。

「今天勞煩您了，『野崎大記者』。」

她面無表情地說道。

我們要去見田原秀樹的母親——澄江。

宣稱要採訪有關他死亡的這件事。

我假裝是記者，琴子則是我的助手。

無論是詢問澄江的意願，還是日程的調整，都是由我依照琴子的指示來執行的。

我詢問原因後，琴子回答：

「我不想再讓我的名字曝光，甚至盡可能別拋頭露面。」

「為什麼？」

「因為我插手管太多事了。」

她模稜兩可地說道。或許是跟她認識警察廳長官有關吧。

在談話的過程中，我漸漸對她本人感到好奇。

這是我的職業病。

另一個原因則是——

我想要救助知紗的心情並不如真琴那樣的殷切。

之所以協助琴子，即使摸不著頭緒也依然幫忙準備尋找孩子，並非是為了真琴、為了自己，更不是為了知紗。

我對擁有小孩的父母與孩童的怨恨大致上平息了，但還沒善良到有辦法立刻愛上小孩。

我們兩人搭乘計程車抵達田原父母居住的老舊公寓時，天色已完全黑暗。

雖然答應接受採訪，但田原澄江難以猜測我和琴子的真正意圖，明顯在懷疑我們的身分。她帶領我們進入年代悠久的客廳，與我們對坐在暖桌前時，蒼老的細長臉孔也浮現帶有困惑的笑容。

田原的父親只在一開始出來打聲招呼，隨後便躲進房間裡去了。

客廳一隅設有簡單的佛龕，擺放著田原和疑似他外婆的老嫗遺照。還有另一張看似他伯父——久德的青年遺照，他的手上抱著一名年幼的少女。

自我介紹完畢後，我拿出筆記本與錄音筆，開始形式上的採訪。

他的個性、成績、交友關係與生前近況。

雖然琴子說「隨便採訪，做個樣子就好」，但我覺得太過偷懶容易露出馬腳。於是便像平常工作一樣，不斷向澄江提問，深入訪談。

「咱也跟警察說過哩——」

澄江操著關西腔，言談中幾次重複這句話，邊訴說兒子的事。從她有時臉上浮現出的沉痛表情，可以窺見出她尚未走出喪子之痛，但她既未流淚，也沒有情緒激動，只是淡淡地陳述。

琴子在最初自稱是「助手鈴木」後便一語不發，只是默默記著筆記，偶爾附和個兩三聲而已。她帶著皮手套，快速流暢地將我和澄江的對話書寫成文字。

不到一小時，已經大致聽完田原的大半輩子，無話可問。我瞅了一眼身旁的琴子後——

「不好意思，」她突然開口：

「您左手的食指難以彎曲嗎？」

澄江拿起茶杯不知喝了第幾杯的煎茶，她瞪大雙眼，僵住不動。聽琴子這麼一說，她拿著茶杯的左手食指確實不上不下地指著半空。

仔細一看，那根手指的皮膚光滑得出奇，在日光燈的照射下閃閃發光。

澄江露出掩飾般的笑容，「咚」的一聲，將茶杯放在暖桌上反問道：

「記者都這麼觀察入微嗎？」

「沒錯。」

琴子大大方方地回答，令人瞠目結舌。

「我們的大記者——不好意思，是野崎教導我，當記者最重要的是善於觀察。」

「這樣呀。」

澄紅莞爾一笑，將視線落在拿過茶杯的手上說道：

「小時候——跌倒撞到，之後只要一彎手指就會痛唄。」

「跌倒？」

琴子表情誠摯地問道：

「不是燙傷嗎？」

微笑從澄江的臉上褪去，她以嘶啞低沉的聲音回答：

「咱聽不懂妳在講啥。」

琴子不為所動，輕聲說道：

「那根手指殘留下的痕跡，是蟹足腫吧？手背似乎也有，用粉底遮蓋住了。手指無法彎曲的理由有很多，但您看起來——是因為攣縮而彎不下去。」

沉默籠罩整間客廳。我不明白琴子的意圖，只察覺到澄江心生憤怒，繼續觀看事態的發展。

「——說到這裡，還曾經發生過這種事吧。」

澄江一邊嘆息，吐出一句：

「所以說，妳到底在講——」

「您和令堂志津老太太，以前經常受到銀二老先生暴力以對吧？被毆打、澆熱水之類的。」

琴子突然如此說道。

我吃了一驚，但田原澄江比我更加吃驚。我聽見她深深倒抽了一口氣，表情僵硬地望向琴子。

琴子挺直背脊，跪坐著，筆直地看著澄江。

不久後——

「——古早時期，阿爸都是一個樣的。」

澄江低下頭，發出細小的聲音擠出這句話。緊接著說道：

「阿爸是一家的支柱，做啥說啥都是對的。現在社會風氣好像改善了很多，但以前的阿爸揍人、踹人根本沒啥好大驚小怪的，管他是男孩還是女孩……」

澄江並非是在對我和琴子傾訴，而是自我確認般地娓娓道來。

虐待、家暴是事實，澄江和她的母親都曾受到銀二施暴。儘管她拐彎抹角地敘述，但確實承認了這件事實。

不過，這跟魄魑魔又有什麼關係呢？

年邁的澄江繼續低喃：

「所以，不管受到多麼殘暴的對待，妻子兒女心裡再怎麼不甘，都不敢說出口，只是一味地忍耐。那已經變成一種習慣了唄。」

「您過世的哥哥也一樣嗎？」

琴子再次冷不防地問道。

澄江剎那間呆若木雞，面有難色地歪著頭回答：

「這可就難說了。因為久德阿兄是在咱出生前不久過世的——」

怎麼可能。

我反射性地望向佛龕上的遺照。遺照上的久德青年抱著一名少女，少女的面容隱約有著澄江的痕跡。但這名少女卻不可能是澄江。

換句話說，這代表——

「所以，妳問這些話到底——」

「『孩子被丈夫殺掉的母親，也要忍耐嗎』？」

琴子尖銳地問道。

「妳、妳在講啥——」

「我是指『您的姊姊』，您應該知情才對。明明知情，您和您的母親卻隱瞞周遭的人，連秀樹先生也被蒙在鼓裡。」

澄江臉色鐵青。

「您的姊姊年幼時被令尊——銀二虐待至死。那張遺照，照的不只久德先生一人。而是久德先生與令姊秀子小姐。」

琴子不帶任何感情地說。

澄口的嘴角不停顫抖。而我只是在一旁觀看。

「不、不是的。」

澄江低喃道。連嘴唇都失去了血色。

「阿、阿母說她是發生意外，說阿爸再怎麼歹毒，也不可能殺死女兒的。說姊姊只是跑著跑著跌倒，頭——『頭去撞到桌子』而已。」

「原來如此。至少，他們夫妻之間是這樣串通好說辭的。」

琴子悄聲說道：

「不過，令兄無法接受這樣的謊話，因此衝出家門想要前往鎮上，穿越大馬路時『被車撞死』了。」

澄江張口結舌。我也啞然無言地望向琴子。她繼續說道：

「『所以秀樹先生才會喪命』。」

「妳——妳在說啥！」

澄江終於忍不住大叫。她雙手拍打桌面，探出身子：

「『所以』是啥意思？咱家父母兄弟姊妹的事，又與秀樹有啥關係了？咱和阿母自、自己所遭受過的事，從未對秀樹——」

話音中斷，只從齒縫間漏出氣息。

澄江會提出這樣的疑問是再自然不過的了。我也難以揣測琴子話中的含意。

琴子到底做何打算？

「志津老太太的遺物當中，有沒有一只像是老舊護身符袋的物品？」

她繼續沒頭沒腦地問道。眼前這名老婦人絲毫不見任何的動搖或吃驚。

澄江瞪大雙眼，以看著噁心生物般的眼神望向琴子，縮起身體。

「正確來說，」琴子眉頭一動也不動，「是從大阪搬來這裡時，裝在行李中的東西。志津老太太一直以為那個東西弄丟了。她生前應該有問過幾次吧？問有沒有看見類似這樣的護身符。」

「妳咋會連這種事都……」

澄江全身戰慄，她對琴子的態度似乎從憤怒轉變成不安與恐懼。

「觀察與考察——是當記者必須具備的基本能力。」

琴子裝模作樣地望向我。

一間位於北側，用來當作儲藏室，擺滿物品的寒冷房間。

澄江輕聲說著「冷死了、冷死了」，一邊翻找紙箱。當我幫忙她把物品搬上搬下地移動時

——

「啊啊，找到了……」

澄江將一只褐色的小蠟紙袋拿到我面前。

在日光燈冰冷的光線照射下，能透過紙袋看見裡頭護身符袋的輪廓。

琴子接過紙袋後，將護身符袋取出。是墨綠色的，本來應該是其他顏色吧，明顯是褪色後形成的顏色。

「搬來這裡時，她一直嚷嚷著不見了，到處找。咱也幫忙找了，但卻是在葬禮之後才找到。」

「原來如此。」

「可是，這東西跟秀樹又有啥關係哩？」

琴子沒有回答，以指尖在袋子表面描繪，閉上雙眼，輕聲低喃──

睜開眼睛後，用手指勾住繩子打結的部分，一口氣拉開袋子。

澄江輕聲驚呼走上前。袋子與繩子的纖維綻開四散，令灰塵滿布的室內揚起更多塵埃。

「──果然沒錯。」

琴子如此說道，並以指尖捏起袋中的內容物，擺到我們的面前。

戴著手套的指尖捏著長約五，嚴重腐朽四周起毛刺的小短棒。

一片木片。不過整個木片烏漆抹黑，四處脫落，露出木頭的顏色。

「把裡面的東西拿出來，不就沒效——」

「這本來就沒效。」

琴子毫不留情地反駁澄江的勸告說道：

「表面畫有淺淺的文字，或是記號，雖然已經消失得差不多了——」

她將臉湊近小木棒，仔細端詳後——

「應該是以朱筆畫的吧。這是顛倒的晴明桔梗，畫著上下倒反的強力除魔記號。」

「難道是——」

我不禁插嘴說道。琴子點頭首肯：

「野崎——大記者您知道吧？這是曾經流傳關西的咒術。在避邪符、護身符袋中的靈符、咒符上動手腳，注入強力的詛咒——」

琴子面向一臉困惑的澄江：

「這是魔導符。就好比是丑時參拜，用釘子釘小草人類的東西，也就是詛咒。」

澄江的臉龐詭異扭曲，嘴角鬆弛，雙眼瞪大，身體不住哆嗦。情緒處理根不上速度。

琴子攥緊魔導符說道：

「志津老太太忍住了。即使兩個孩子被殺了，表面上依然扮演銀二老先生貞淑的妻子，直到他過世。不過——實際上卻暗地裡怨恨著他。怨恨了好幾年、好幾十年。證據就是這個詛咒。信不信由您。」

說完後，澄江雙手掩面，發出喊破喉嚨的聲音，當場久坐不起。

遠處微微傳來她丈夫正在觀看的電視節目聲。

十二

「原來召喚魄魑魔的，是志津啊。」

我想起過去答應我和田原秀樹的委託，卻臨時脫逃的住持曾說過的話，於是問道。

（你們到現在還在說這種蠢話嗎？那種麻煩的東西，不去召喚祂是不會找上門的。）

「沒錯。」

琴子如此回答，將空碗輕放於桌面。手上依然戴著手套。

晚上十點，我們來到京都車站附近的拉麵店「第一旭」，我還在唸書時曾光顧過幾次。狹小熱鬧的店裡，我和琴子相對而坐。

琴子用紙巾擦拭嘴唇的油脂說道：

「我想對她來說，詛咒以何種方式呈現都無所謂。只要她的丈夫銀二遭遇到不好的事情就好。腦溢血或許也是詛咒造成的，搞不好晚年經濟窮困也是，不過——」

她一口喝光玻璃杯裡的水，接著說：

「偏偏在他日時不多後，才招來邪惡無比的魔物。不僅盯上她的丈夫，連自己、孫子、曾孫都緊追不捨，帶來危害。也許是因為選擇五芒星九字紋作為魔導符所造成的影響。」

語畢，琴子「呼」地輕聲嘆息。從拉麵送來到此刻這一瞬間為止，還不到兩分鐘。我半欽佩地將注意力移到自己還剩一半的碗裡。

「真是不好意思。」

琴子突然冒出這句話。我抬起頭，發現她面無表情地看著我。不，並非面無表情，她的眉心聚起些許的皺紋。

我不明白她話語與表情之中的含意，回望著她，她便解釋：

「跟別人一起吃飯時，我會不小心像這樣吃得又快又急。這是我打以前就有的壞習慣。」

說完，她將視線落在空碗上。連一滴湯汁、一片青蔥都沒留下。看來不僅貪快，還不浪費。

「不，沒關係啦。反正這種食物也不需要慢慢品嚐。」

我如此說道後，「是這樣嗎？」琴子微微歪著頭問道：

「真琴有好好吃飯嗎？」

真琴身材瘦歸瘦，吃得倒不少，也幾乎不挑食。頂多只有不太喜歡貝類吧。好像是因為以前曾經因為吃牡蠣而食物中毒過一次。

我這麼告訴琴子後，她便一如往常頂著一張撲克臉回答：

「這樣啊。」

我在車站附近的商業旅館登記入住後，進入狹窄的浴缸泡澡，換上薄浴袍，坐到床上。我打開筆記型電腦，繼續寫到一半的原稿。明天要交稿，迫在眉睫，題材又是老調重彈，資訊落伍到不行的「伏尼契手稿」。並沒有什麼特別的新發現，只要彙整過去的原委就好。結論簡單地寫上「未破解」，輕鬆搞定這份工作。

琴子從幾天前起就一直在常去的旅館逗留，今晚也要住在那裡。

我在凌晨零點前寫完原稿，寄給責任編輯，把地方電視臺的深夜節目當作背景音樂，讀起我帶來的冊子。

《紀伊雜葉》。唐草給我的影本。

雖然不認為會有什麼新發現，但正好拿來打發時間吧。獨自待在遠方，總是會想起正在對抗「毒素」的真琴，輾轉難眠。

我翻閱墨水四處糊掉的紙張。

……翁曰彼為坊偽魔亦撫偽女居深山薄暮出喚人名答之便入門擄之彷人貌食竹溪蟹野果冬臨

而下鳴娑宵娑邑古來居山之妖言畢則眠……

這是一段寫到「坊偽魔」和「撫偽女」的短文。日落而出，呼喚人名，回答就會被擄走。長得像人，會發出不明所以的叫聲，自古棲息在山中的妖怪。

我想起吸血鬼的傳說，中世紀歐洲所流傳的吸血鬼有個「要屋主邀請才能進門」的特性。這一點在描寫吸血鬼的虛構創作中，依然頻頻出現。若是補白的靈異原稿，光靠這一點就能編出幾百字了吧。假設日本也曾流傳吸血鬼傳說這類根據薄弱的說法也不錯。

我翻頁閱讀其他記述。後院長出未曾見過的香菇，吃了之後拉肚子拉三天。鳥鳴聲中摻雜了陌生的叫聲，究竟是什麼鳥呢？今年的山茶花比往常謝得早——

沒什麼有趣的內容。好不容易解讀出古文，卻難以體會文體的妙趣之處，可能是因為光是要理解內容的意思，就已經精疲力盡了吧。

早知道就帶現代的書來看了。還是來做其他工作呢？這段期間，真琴和知紗的狀況又是如何呢？

琴子今後打算怎麼做？她還會委託我做一些事嗎？不，我不能光等待她下指示。必須尋找自己能力所及的事情來做。

只要一鬆懈，不安便在心中蔓延。打消念頭後又萌生焦慮。當我注意力分散，心不在焉地繼續閱讀影本時——

山自村至彼之小徑上有古碑立之苔生而腐朽其名刻於表左右背面亦刻有數人之名問人曰不知或默而不答

有一座山，村子通往山上的道路途中，已有當時不知由來的石碑。我看見上述這樣一段極短的短文。

有些傳說和風俗傳承了下來，有些則被廢除遺忘。留下來的也逐漸失去它的意義或由來，徒留形式。換作現代也一樣。比如說，現在的領帶只剩下社交禮節的意義存在，但過去應該有實用性的根據和用途才對。我曾聽坊間傳說，領帶以前的作用是用來擦拭嘴角的餐巾紙。

魄魕魔這個稱呼，似乎也是過去西洋人帶來的bogeyman一詞的發音轉變而成的。既然如此，更早之前又是怎麼稱呼魄魕魔的呢？我也曾從這個觀點切入調查，但至今仍未找到解答。唐草也說過，從這一點著手查不出什麼。至少現在，憑他粗淺的知識還查不到。

我接著讀下去，卻突然停止動作，再次重新閱讀剛才的短文。

文章是從頁面的開頭，也就是右上角開始，一半左右結束。以下空白。從這裡變換章節。

我剛才把開頭解讀成「有一座山」，搞不好誤會了。這一段文章有可能跨了頁。

我翻回前一頁，望向左下角剛才那段文字的前一段文章。

……杳無人跡草木蘢蔥山名為子寶

無人進入，草木繁茂的山。名字叫子寶——

「子寶山」。

石碑表面刻著山名。

我想起子寶溫泉的網站。打開闔上的筆記型電腦，造訪官網。在「溫泉」標題下的頁面，詳細記述著設施的簡歷和效能。文章的中段提及——

「子寶」這個名稱，是來自於鄰近山腳下的一座老舊石碑所刻的文字。

根據調查，發現那座石碑至少是江戶時代以前立起的。據鄉土史家的研究所言，石碑上的文字很可能是以前的地名或山名。

鄉土史家沒有讀過《紀伊雜葉》嗎？還是跳過這個地方沒讀？反正這一點都不重要。八竿子打不著關係的地方溫泉所寫的療效宣傳文，內容精不精確，與我何干。

從剛才起沒有定論的想法、至今的調查、過去洋洋灑灑撰寫靈異相關文章的經驗、擄走知紗，傷害真琴的那個妖怪。各種事情同時在我腦海中盤旋、鼓噪。

妖怪，魄魕魔會把人擄到山上，令人懼怕。

K地區附近曾經有一座叫「子寶山」的山。

那麼知紗，

以及那個妖怪，

還有過去住在那裡的人們。

我拿出手機。

十三

隔天正午，我和琴子走出K車站的驗票口。

地面鋪裝的路面四處剝落，都是碎砂石。陽光微弱，寒風料峭。「子寶溫泉」的大型看板，在色彩貧乏的風景中格外顯目。相較於之前來時絲毫未改的景色，改變的是我的心境。這次我有著明確的目的。

「就是那座山吧。」

琴子指示的前方，是一座住宅區彼方的小山。

是我趁早上打電話問溫泉職員的那座有「老舊石碑」的「鄰近小山」。

我對琴子點了點頭，朝小山邁步前進。

為了將自己從《紀伊雜葉》的記述中想到的假設說給琴子聽，昨晚我從旅館打電話給她。

琴子在電話響了一聲時就立刻接聽。

『喂？』

「我是野崎。現在方便講電話嗎？」

『方便。』

「詳細過程就省略不說了，但我在閱讀K地區的古文獻時，發現令人在意的地方，所以打電話給您……」

『是《紀伊雜葉》嗎？』

琴子直覺銳敏地問道。從語氣中完全察覺不出她一副睏倦的模樣。

「真是令人欽佩，您已經查閱完畢了嗎？」

『是啊，內容無聊透頂。』

聽見她無比率直的感想，嘴裡不禁漏出氣息，不小心笑了出來。我立刻斂去臉頰浮現的笑容說道：

「就結論來說，魄魑魔跟知紗現在有可能潛藏在K地區的某個山上。」

『怎麼說？』

琴子問。

「既然您已經讀過，應該知道那個地區有一座過去曾被稱之為『子寶山』的杳無人跡的山，留有石碑。」

電話另一端響起窸窸窣窣的聲音，接著傳來「沙沙」東西摩擦的聲音。

『——原來如此，是跨頁了啊。』

真琴語帶嘆息地說道。看來是手上正拿著《紀伊雜葉》。

『不過，為何會導出剛才的結論？』

對喔。結論固然要緊，但導出結論的過程也同樣重要。不對，用重要這個詞來表達有語病。正確來說是痛苦，至少對我而言是如此。

「您似乎針對魄魑魔做了許多調查。」

『是。』

「您難道不好奇嗎？『祂』過去被人稱為什麼？我是指傳教士將『bogeyman』這個詞彙傳進日本以前。」

『我也……』琴子輕聲說道，『對這一點抱有疑問。希望能找到了解祂，對付祂的線索，但完全找不到相關的記述。』

「我也沒找到，因此萌生一個想法。」我停頓片刻，「祂會不會原本就沒有名字？」

『沒有名字？』

「對。應該說，會不會原本是禁止給祂取名或稱呼祂呢？甚至不以文字記錄。」

『這是指——禁忌吧。』

琴子說。我回了一句：「沒錯。」

禁忌。不能呼喚的名字；不能進去的場所；不能執行的行為。古今中外每國的文化都有的禁止事項。

既然被禁止、藏匿，通常理由便會變得模糊不清，最後被遺忘，只留下禁忌。不過——

「照理說，早期的人們應該知道不能呼喚祂的理由才對。」

『我想也是。』

「實在非常不好意思，明明是我主動打電話給您，終究只是一個假設，而且是十分薄弱的假設。畢竟是以『沒有』資料為根據，況且，也不了解K地區過去的經濟狀況。所以搞不好全是我自己在妄想——」

『根據我的調查，』琴子突然開口。『K地區以前是個農村，而且絕對稱不上富足。只要天氣稍有變化，立刻就收成不好，農作物也常死光。現在那裡還算熱門的溫泉，委婉地主張是「自給自足」。』

她是指子寶溫泉。既然她連這部分都知道的話，那就好辦了。而且在這個節骨眼上提起這種話題，真是謝天謝地。

恐怕琴子已經明白我的假設，是怎樣的一個概念了。

糧食短缺，也沒有補充和支援。長久處於這樣的狀態下，當時的人們會怎麼處理？

我深深吸了一口氣說道：

「──我想那個地區過去曾經實行『減少家中人口』一事。」

『原來如此。』琴子淡淡說道：『常聽說這種事。』

「是啊。」

我簡短地應了一聲。

常聽說。沒錯。全國各地都曾經實行過減少家中人口這種行為。

例如長野的姥捨山傳說──據說村民會把不事生產，只會吃光食物的老人丟棄在山裡。

也有地區使出更直接的手段。想必有人會不擇手段殺人或把人隔離，讓他餓死吧。K地區也是一樣。

只是，恐怕那個地方採取的是極為特殊的手段吧。

「我懷疑在K地區，是把老人和小孩……」

不知不覺間用力緊握住手機。

夾雜了幾聲乾咳，一口氣說道：

「——貢獻給棲息山中的妖怪，之後被稱為『魍魎魔』的『祂』。」

「關於昨天您提出的假設。」

走在幾步前的琴子突然回頭這麼說，令我回過神來。

看似距離很近的山，比想像中還要遠，我和她從車站一路不停歇地走到現在。周圍響起只有兩人踩踏砂石的腳步聲。

身穿套裝的琴子吐出白色氣息：

「的確缺乏物證，但合乎邏輯，說得有道理。只要叮囑孩子聽到門口有人呼喚他時一定要回應，想必輕而易舉便會被帶走吧。老人則需要說服或強制，無論如何，都比把人帶到山上丟棄要簡單多了。」

「是啊。」我附和，「擄人的妖怪和人口剩餘的村莊。我想至少在歉收之年，彼此的關係是良好的。利害一致，共犯關係，或是——」

「共存嗎？」

琴子緊接著說。我默默點頭後，她便面向前方：

「對當時的人來說，和非人的生物保持那樣的關係，也是非常可怕、恐懼的事吧。所以嚴禁呼喚『祂』的名字。時代流轉到與使節團接觸後，生活變得還算富足，因此遺忘了風俗和禁忌——光是這樣，事情就非常有意思了。」

道路變得狹窄，住家零零散散。毫無農作物的發白旱田在周圍蔓延開來。前面的方向有一片褐色樹林。

「——不過，野崎先生卻推論到更後段的部分。」

「那只是我這個微不足道的靈異撰稿人的妄想罷了。」

我語帶謙遜和自嘲回答後，琴子便開口：

「您昨晚也三番兩次這麼說，但我非常認同您的看法。」

不知不覺間，道路呈現平緩的上坡。右手邊看得見剛才走過的住宅區，左手邊則是一片樹林。我們已經抵達山區。

孩子被擄走，正確來說是「讓孩子被擄走」的父母們，是如何看待自己消失的孩子呢？會打從心底安心這樣就能平安無事地活下去了嗎？

我想應該不只如此。如果是像樣的父母、正派的人，肯定會擔心被妖怪帶走的孩子，怨恨讓孩子被帶走的自己吧。

這樣的罪惡感會讓他們祈求那些被擄走孩子們的幸福吧。會夢想那些消失的孩子正吃著想吃的食物，幸福地過日子吧。

所以，既然不能替怪物取名。

他們便替那些在傳說有妖怪棲息的山中依然活著的孩子們取名。

含有因妖怪而增加許多孩子的山這種意義——

命名為「子寶山」。

昨晚，我把全部的話說完後，提議兩人一起去K地區。琴子二話不說便答應了。

「最好別告訴溫泉相關人士吧。」

她以一如往常的語氣說道。

沒錯。若是聽到「子寶」在這個地方可能不是指讓人獲得子嗣，不知道溫泉會淪為何種下場。

雖然我根本懶得理會，但也無意掀起風波。

應該說，現在的我痛苦到甚至無暇思考那種事情。從昨晚靈機一動，提出這個假設後，便一直刺痛著我的心。

擄人的妖怪。需要「祂」的村落。

老孺多餘的村莊。

生下子嗣卻不得不減少人口的村民。

這種社會過去存在於日本各地。

學習知識時得知這些事。鑑於時代背景，我也能理解。

這種單純的資訊，如今卻偏偏以這樣的形式出現在我面前。

「為人父母」的殷切期盼全寄託在「子寶」這個詞彙之中——我也厭惡自己竟會冒出這樣的念頭。

十四

從徒有形式的鋪裝道路轉變成獸道的前方，四周環繞著許多樹木，便能看見我們要找的石碑。

我們正位於「子寶山」。

石碑周邊的枯木被仔細地去除，甚至供奉著鮮花。是因為溫泉廣受好評的影響嗎？

我單膝跪地，檢查石碑。

高度約五十公分，絕對稱不上氣派。缺角石碑上刻印的文字也淡化不少，但還是勉強能看出正面刻著「子寶」兩個字。左右與背面微微隆起，但別說看得懂了，根本連是不是文字都分不出來。

《紀伊雜葉》上記載道，這裡慎重地刻著人名。

大概是被祂擄走的老人和小孩的名字吧。

倘若我的假設正確，照理說會是如此。

那麼，這座石碑是否該稱之為慰靈碑。不，不對。起碼對立這塊碑的人們來說，這個表達方式並不妥當。

因為在他們的心中，這些名字的擁有者，應該正幸福快樂地在深山裡生活。

和妖怪在一起。

所以，魄魕魔現在肯定就在這裡，想必知紗也在。

導出這個結論的是我，但能證實這件事的卻另有他人。

雖說「在」山上，但我實在不認為魄魕魔會像飛禽走獸那樣，潛藏在洞穴或樹上。

這裡大概有與魄魕魔所在世界互相連結的「門」。

是像我這種普通人所看不見的超自然出入口。

我望向旁邊，琴子看都不看石碑一眼，只顧著凝視獸道深處。

冷風吹響樹木，枯草翩翩起舞。我站起身，關節嘎吱作響。

琴子邁開步伐，又立刻止住腳步。由於她背對著石碑，我看不見她的表情。她應該正利用我所沒有的「力量」，確認深山中「門」的存在與棲息於更深處的妖怪的存在吧。

琴子回過頭。從口袋掏出香菸，望向布滿枯葉的地面，立刻收起香菸。我微微探出身子，她便搖頭否定道：

「很遺憾——並不在。」

「不在？」

我反射性地如此詢問後，琴子便快步走向我乾脆地說：

「我確認過好幾次，這裡完全沒有『祂』的氣息。也並未與『祂』存在的場所有連結。當然，就算搜遍這裡也找不到知紗。」

「這樣——啊。」

我渾身無力，原來是白忙一場啊。果然我這個靈異撰稿人絞盡腦汁想出來的假設，不過是妄想罷了。

「我先聲明，」琴子發出沉穩的聲音，「您的假設並未完全被推翻，明顯有誤的只有結論。」

「只有結論？」

「沒錯。」

琴子撥開被風吹到臉頰的黑髮說道：

「我早已預想過，所謂的山，不過是『解讀』而已。」

語畢，她抬頭仰望我。

我立刻便明白她所表達的意思。虧我還在靈異界打滾了這麼多年——

「……我只照字面上的意思來解讀。」

「沒錯。」琴子凝視著獸道前方，「有妖怪出現。從何而來又從何而去都一無所知。如果有人多次在村莊鄰近的山，平常毫無人跡的山上目睹到妖怪，那麼村民往往會這麼想——那隻妖怪是來自鄰山，平常棲息在那裡。但那並非事實，只是人們自己的解讀。」

沒錯。人一旦目睹怪異——難以理解的事情，便會就近找出原因，編造邏輯，讓自己認同。這便是所謂的「解讀」。

若是在漁村發生怪異現象，村民便會認為原因出自於大海。「解讀」成有某種東西來自大海。

說得更淺顯易懂一點，就是當家裡有人剛過世，又發生怪異現象時，遺屬便會把原因歸咎於死者身上。換句話說，會「解讀」成是「幽靈作祟」。事故現場、案件現場也是同樣的道理。妖怪軼事、幽靈奇譚，大多數是第三者把這些解讀當真，散播出去，不斷重複累積而成的。

這是靈異的入門知識。只要熱心研究靈異現象到某種程度，就能在早期階段悟出這個道理。我在還沒成為撰稿人的初期階段，也是這麼走過來的。儘管如此，我卻因為太在意真琴和知紗而急著下結論。

繞了一大圈，真是浪費時間。在這段時間，知紗還有擔心知紗的真琴會陷入何種危險。

我對自己是又生氣又無奈，自然加重手上的力道。

「下山抽根菸吧。」

琴子說。語氣依然毫無感情，但顯然有在顧慮我的心情。真琴的姊姊在安慰我。

見我沒有回答，琴子表情誠摯地說：

「我也在反省，我太按照自己主觀的期望來判斷事情了。」

「那是指——什麼意思？」

「我心想若是能由我方主動進攻，自然是最簡單的方法。算是攻其不備吧……就算是『祂』，應該也不習慣別人侵門踏戶。」

琴子將視線落在石碑上，將手伸進衣服的內袋。

「時間已經所剩無幾了——看來只能使用這個了。」

這個是指什麼？

我還來不及問出口，她便把手抽出內袋，伸到我面前。

手套指尖所捏著的，是一只墨綠色的老舊護身符袋。

是從澄江那裡借來的，志津的遺物——

魔導符。

十五

一回到東京，我立刻打掃真琴家，敞開窗戶，到陽臺上抽菸。從四樓的窗戶望去，雖然看不見所謂的夜景，倒也能多少眺望周圍的景色。

這是琴子的指示。她說今晚要在這裡搶回知紗，因此需要準備。

「我先回京都，之後再過去。能麻煩您將房間打掃乾淨嗎？這是施展咒術的基本事項，但我想真琴家一定很亂吧。」

她在K車站前吞雲吐霧地如此說道。

雖然姊妹倆不常聯絡，但她倒是很了解自己的妹妹。

我將衣服和布片摺好，收到壁櫃裡，用買來的除塵撢撢灰塵。先用吸塵器清理地板，為了慎重起見，再用抹布擦一遍。就連自己家都沒整理得那麼周到。內心無比焦躁的我，必須在琴子到達之前，靠專心做事來轉移心情。

時刻已到晚上十點。

遠方公寓頂樓閃著紅光卻抱著閃白光袋子的聖誕老人燈飾，緊貼牆上。燈火輝煌的城市，使得天空呈現一片朦朧明亮，說到肉眼可見的星辰，頂多只有獵戶座的三連星罷了。

我從口袋拿出前端掛有重物的黑橘繩結。這是真琴遺落在田原家陽臺上的工具。雖有自知之明這並非是自己可以駕馭的物品，但總比手上空無一物來得安心。簡單來說，就是護身符。跟田原在家蒐集護身符的行為沒什麼兩樣。

微弱的聲響傳來，自然而然地豎起耳朵。聲音越來越近，應該是重物嘎啦嘎啦滾動的聲音。

我凝視傳出聲響的方向，只見一道人影在大樓前面的小路上前行。聲音是從人影拖著的大行李箱傳來的。

街燈照耀下的人影，一頭短馬尾，身穿褐色羽絨衣，拖著銀色行李箱，白色氣息撲在面無表情的臉龐上。

是琴子。

我立刻將菸粗暴地捻熄在空罐中，把繩結塞進口袋後奔向玄關。

一腳踏兩階樓梯下樓，來到一樓的集合式信箱前，便看見琴子正打算用她嬌小的身軀抱起大型行李箱。我草率地打過招呼後便一把搶過行李箱的把手。

「我來拿。」

不等她回答，我兩手提起了行李箱。重歸重，但還能接受。

「不好意思，麻煩您了。」

琴子說。語氣依舊輕柔堅定。

回到真琴家後把行李箱放到客廳。琴子默默放眼望向寬敞的空間和大床。邁開步伐，客廳轉一圈後仔細巡視廚房和窗邊。她抬起戴著黑色皮手套的手，抵著下巴，偶爾做出沉思的動作。似乎是在確認方位。既然如此，應該是在看風水或是遵循其他道理吧。

琴子說她要施展「咒術」。雖然沒有告訴我內容，不過從在K地區與她的交談中，我大概猜得出她要做什麼，但還是心有存疑。

琴子繞了整個房間一圈，踩過床上，在行李箱前停留。她瞥了一眼玄關：

「那我們開始吧。」

如此說道後，沉下腰跪坐，「啪嘰啪嘰」解開金屬釦，雙手掀起上蓋。

裡面裝滿好幾個白色袋子與木箱，讓我深感意外。因為我原本想像裡面裝的應該是充滿咒術感的驅邪幡、神符、楊桐葉、白袍、佛珠與水晶玉這類物品。但立刻打消雜念，原來我被靈異俗套的印象給束縛住了。

「我現在要召喚『祂』。」

琴子說出說預料中的話。她用雙手慎重地拿起一只大木箱。

「可是——」我在她身旁彎下腰，「召喚祂後，要怎麼奪回知紗？」

我提出了疑問。

難道是說服妖怪，讓祂把人交出來嗎？或是制服祂，問出知紗人在哪裡？還是有方法透過祂當媒介，接觸位於「遠方」的知紗？

不對，既然「祂」並非這世上的生物，當我以普通「誘拐」的角度來看待、臆測時，或許就已經錯判了事態。

「如果我預料得沒錯——」

琴子沒有看我，一邊說一邊將木箱放到地板上打開。裡頭裝著表面凹凸不平，保特瓶般大小的石頭，四周鋪滿了棉花。石頭一端呈現尖角，另一端而是平面。

她以雙手取出石頭後，將平面處朝下，擺在地板上。「咚」一聲，沉重的聲響傳到木板上。石頭微微反射著日光燈的燈光，尖角朝向天花板。

「——知紗會和『祂』一起來。」

琴子端正坐姿，如此說道。

這是怎麼回事？當我正想問出口時，她將視線落在膝上的手套。

「真礙事。」

琴子低喃後，拔下兩隻手套。

攣縮、顏色紅白不均的皮膚露出，單薄的手背與短小的手指，全都布滿了蟹足腫，連指甲也是彎曲的。

我張口結舌，全身僵硬。

「野崎先生。」琴子將手套塞進羽絨衣口袋後，「可以麻煩您把這塊石頭卡在玄關的門上嗎？門要盡量敞開，雖然外形很誇張，但這次我們要用它來當作門擋。」

她若無其事地說道。

石頭正如外表般沉重，卡在門上，輕易便固定住門。

回到客廳後，琴子一身白襯衫搭配黑西裝褲。羽絨衣和黑色外套疊好，放在行李箱旁。

風從玄關吹入，我不由自主打了哆嗦，但琴子一點兒也不在意，解開袖口鈕釦，捲起袖子。

右手的下臂部分，縱橫交錯著像是被什麼抓傷的新傷痕，左手也被蟹足腫覆蓋。

「您嚇到了嗎？」

琴子詢問。我猶豫了一下——

「對。」

選擇老實回答。

琴子面不改色，再次坐到行李箱前，拿出白色袋子。從裡面取出的是普通的黑色蓋子噴霧罐。

「是職業傷害。就像寫作的人視力會變差，會得到肌鍵炎一樣。」

「可是，真琴沒那麼嚴重。」

「我比她早踏入這個行業，經手的委託案規模也不同。」

琴子拿起噴霧罐，前往走廊，進入盥洗室。我隨後跟了上去，發現她「啵」地取下蓋子，在鏡子前上下搖晃罐身。

「我忘記說了，野崎先生。」

她面向我，一臉事不關己地說道：

「結束後可以麻煩您收拾善後嗎？另外，也請幫我向真琴道歉，說抱歉我弄髒她家。」

「可以啊，沒問題啦。」我向前踏了一步，走進盥洗室，「但您說會弄髒是——」

「多謝您。」

琴子以視線和下巴致意後開始朝鏡子噴灑噴霧罐。鏡面剎那間浮現一大塊黑色斑點。稀釋劑的味道撲鼻而來，是彩色噴漆。

琴子縱橫移動著噴漆說道：

「事先收起對方厭惡的東西，是邀請客人時的基本禮貌。即使對象不是人也一樣。」

她將鏡面噴得一片漆黑後，蓋上蓋子，重新面向我，邁開腳步。我退開身體讓她通過後，她又走到客廳的行李箱前坐下。

收起噴漆，接著拿出一只細長的袋子，從中抽出整齊地綑成一束的紫色細繩結。

她一邊解開繩子打結處一邊說：

「您知道那孩子以前曾經吃牡蠣而食物中毒吧，因此不太敢吃貝類。」

話題突然改變，但我並不介意。

「我知道。」

「是我讓她吃牡蠣的。」

琴子如此說道，站起身走到房間角落。將解開成長繩的繩結，沿著牆壁擺放。

「鄰居送給我們高級的牡蠣，但數量不夠所有人吃。於是我讓真琴她們那些年紀較大的孩子吃，結果當天晚上他們全都難受得在地上打滾。幸好沒有釀成大禍……父母和年紀較小的孩子是吃前一天剩下的咖哩，所以沒事，我也一樣。當然，這只是偶然和不走運，不過──」

年紀較大和年紀較小的孩子。

琴子和真琴還有其他兄弟姊妹嗎？

繩結環繞住整個客廳。琴子將繩結兩端輕輕打結。

「後來真琴她們對我抱怨了一番，說我是不是打從一開始就發現食物有問題才沒有吃。因為當時我國中二年級，已經開始從事一些這方面的工作。」

琴子展示雙手的手背給我看，又立刻放下。

「這些燙傷就是當時留下的。是個用火的難纏對象，這些留下的傷痕最痛，憑現代的醫療也無法有效根治。痛苦難耐時，只能泡溫泉療養。最近那邊的子寶溫泉倒是挺有效的。這只是我『※個人的感想』。」

琴子表情絲毫未變地如此說道後，再次沿著客廳的牆邊走，蹲下來調整繩結的鬆緊度。

「這些燙傷——我如今認為是個好經驗，但當時我真心覺得是遭到了天譴，讓真琴她們受苦的懲罰。明明當時和現在，我都完全不相信有神佛的存在。」

琴子談論著往事，一步一步照著程序走。從扁平的木箱中拿出一只小黑盆，大概是黑檀吧。她將小黑盆輕輕擺放在床鋪中央後，接著拿起一只小袋子。

我忍受不了沉默，聽完她說的話後，又有感到疑惑的部分，因此詢問道：

「可是真琴、真琴小姐看起來完全不恨您啊。」

「直接叫真琴就好，你們在交往吧？」

琴子如此回答。她突然把話題轉到我身上，著實嚇了我一跳，好不容易出口承認後，她便說道：

「現在似乎收斂了不少，但以前她動不動就想與我較勁。不對，與其說是我，不如說是我的這份力量，似乎令真琴感到十分厭煩。」

她將小白袋擱於盆子中心，拿出另一只扁平木箱，這次並未打開蓋子，直接擺放在床上。

琴子緊接著拿出留在行李箱裡，中間用繩子綁住的黑色細長小布袋。

在琴子解開繩子前，我已知道裡面裝什麼。

袋中出現一支全新的毛筆。

她跪坐在盆前，把毛筆擱在床單後，雙手捧起盆裡的白色袋子，緩緩取出裡面的東西。墨綠色的老舊護身符袋。

是魔導符。

琴子用全新的毛筆慢慢仔細地掃過表面、背面、上部和底部。她的臉龐和過去一樣面無表情，但散發出的氣息明顯有別於過往。感到震懾的我，只能注視著她的動作。

她從袋子裡取出裡面的咒符，同樣方式清理後，再放回袋中。將魔導符放回黑檀盆後，琴子從口袋掏出香菸和攜帶型菸灰缸，放在一旁。

「不只牡蠣那一件，我還做了其他對不起她的事。」

琴子輕聲說道。

我沉默不語。她垂下視線，輕聲嘆息道：

「因為看不慣我的力量，真琴似乎企圖得到與我同等或是更加強大的能力。聽說她十六歲離家後，十分亂來。做一些修行者或佛僧所做的事，進行危險的修行；胡亂嘗試一些宣稱能提升靈力的奇怪藥草之類的東西。」

這話我頭一次聽說。我早就知道真琴對她姊姊琴子抱持著尊敬以上的感情。不過，我一直以為她身為靈媒的力量是與生俱來的，沒想到並非如此。

「她確實頗有天賦，但她能獲得如今這般的力量，全是靠她努力得來的。但那卻是腐蝕她身體的雙刃劍。」

她從菸盒抽出一根香菸後點燃，邊吞雲吐霧邊望著玄關。

不久後，她注視著裊裊升起後消散的煙霧說道：

「她之所以無法生育，都是我害的。」

她的表情沒有絲毫改變，唯有眼神透露出些許悲傷。

「原來是這樣啊……」

我如此回答。

內心卻非常震驚。得知事情的來龍去脈後，想起真琴胸口也一陣揪痛。

但是，我對琴子卻完全沒湧現負面情感。

我自然而然地開口：

「不過，真琴至今仍一直仰慕著您。我在一旁觀察得出來。不管動機為何，做出損壞身體的事情是她自己的選擇——決定所造成的後果。所以，您毋須感到自責。」

我說著說著才察覺到，口中吐出的這些話語，並非敷衍安慰或把話說得冠冕堂皇，而是出自真心。

「是嗎？」

琴子吸了幾口菸，久違地面對我：

「……野崎先生您怎麼想呢？難道不怨恨把真琴變成那樣的我嗎？」

「不會，我完全不恨。」

我看著她的眼睛回答。

「因為我很重視那樣的真琴。」

然後，緊接著如此說道。這也是我的肺腑之言。

「是嗎……」

琴子將香菸擱在菸灰缸，整個身體面向我：

「真琴就拜託您了。」

她如此說道後，雙手抵在床上，深深低下頭。

我吃了一驚，「您快別這樣。」靠近她，打算扶起她時，她猛然抬起身子，直盯著玄關。

然後，表情有些愕然地望向我說道：

「來了。」

我望向玄關。琴子端正坐姿。幽暗的玄關門外一片漆黑，連街燈和鄰近住家的燈光都看不見。

我以不上不下的姿勢，屏息以待地瞪視那四角形的黑暗。沒有變化，也並未傳來腳步聲。

「看來順利成功了呢。魔導——『詛咒』。」

琴子嗓音格外嘹亮地說道。

「這話是什麼意思？」

「我先前所言不假。」琴子凝視著玄關，「那大部分是詛咒。就像志津詛咒銀二一樣，『我詛咒了我自己』。詛咒折磨真琴的我自己。如此一來——」

突然一陣暖風從玄關吹了進來。我瞇起眼睛，用手擋住臉。風通過我們，執拗地攪盪屋內的小物品、窗簾與照明開關的繩索。

風在屋內盤旋。

身體纏繞著黏膩的濕氣，當我因不舒服的感覺而皺眉時，琴子叼起吸了半截的香菸，朝半空中吐出煙霧。

煙霧瞬間被風吹散。

琴子絲毫不感到驚訝，緩緩巡視風鳴物晃的屋內。

嘻嘻嘻嘻嘻。

呵呵呵呵。

嗤嗤，嗤嗤。

微弱的笑聲乘著風聲傳入耳裡，我立刻便聽出那並非人聲。刺耳走調，感覺完全不是從人體器官中發出的聲音。

風環繞住我們打轉兒，濕氣令我衣服內開始冒汗。

『真琴。』

一道聲音清晰，但分不出年齡的女聲響起。只能分辨出是女人聲，而且音調極不自然。

玄關豎著一道女人的影子。

比深夜還要漆黑的影子，身高不高也不矮，從輪廓可看出她留著一頭長髮。

影子慢步朝這裡前進，一邊低喃著：

『真琴在嗎——真琴。』

「不在。」

琴子斬釘截鐵地回答。影子停下腳步，同時風中的笑聲轉大。

哈哈哈哈哈

她說不在耶

呵呵

她回答了喲

回答了

回答了啊啊啊

嘲笑般的聲音，還帶著孩童、老人與老婦同時說話的奇妙餘音。

宛如貫穿那道嘲笑聲似地——

『那麼——和浩在嗎？』

響起這道聲音。

琴子瞅了我一眼。我擦拭著額頭冒出的汗滴，點了點頭。

她搖頭。我再次頷首。

和浩是我的名字。

從未在職場上使用的本名。來到東京後，便鮮少有人如此呼喚我了。就連真琴也稱呼我的姓氏。

然而眼前的祂——「魄魕魔」卻知道我的本名。是從哪裡得知我的名字，呼喚我的。雖然真要查，還是查得到我的本名，但祂來到這裡，一邊叫喚我的名字一邊接近，這種行為到底有何意義？

影子在走廊慢步前行，逐漸靠近這裡。日光燈閃爍了幾次，然後熄滅。

風止，笑聲轉為悶笑，宛如黏液般溫熱的濕氣令全身黏膩不堪。黑暗中響起「喀嘰」一聲，床上亮起紅色光點。

是琴子點燃了香菸。

「呼～」一暗室中傳來吐出氣息、煙霧的聲音。

悶笑聲再次轉變為嘲笑與辱罵聲。

嘻嘻嘻嘻嘻

香菸香菸

不怕

不怕啦

蠢貨——

哇哈哈哈哈

眼睛慢慢習慣了黑暗。視野內最先浮現的，是白色床單上，身穿白襯衫的琴子。看不清她的表情，只是面向前方吐著煙。

『一起去山上吧。』

女聲叫喚道。我沒有應聲。當然，琴子也沒有回答。

一起去一起去。

山上。

山上山上吧。

周圍的聲音模仿道。

琴子「呼」地吐出一大口煙，拋下一句：

「不去。」

「不去。」

走廊上響起一模一樣的聲音。緊接著：

「作祟和造業這種概念，是人類解讀——讓事情合乎情理的道具。您的祖先做過什麼，倉庫裡的日記中確實寫著依現代人角度看來非常殘酷的事情。有幾件事大概真的去實行了吧。那具骸骨是小孩的。不過，您的祖先稱之為『撫雨露（buuro）』的存在，與那些事無關，似乎只是單純賴在這間宅邸不走。基於我們無法理解的理由，難以解釋的道理。」

琴子洪亮的嗓音響起。對人解說的話語，從風的間隙流暢地傳來。

這是工作上的事，恐怕是琴子在處理其他委託時所說過的話。

「哦，竟然還能接收電波啊。」一傳來嗤之以鼻的聲音，「那麼是否也能干擾電波呢？既然輕易地就能模仿人聲，那麼應該也能用電話叫人接聽吧。」

琴子香菸的煙霧冉冉上升。

「比起直接干涉人類要簡單多了吧？還是說，還沒想起全部的步驟？即使想起來，也馬上就忘了？這個世界變化多端，搞得祢暈頭轉向的吧？」

多重聲音開始躁動。笑聲在室內喧鬧不已。

感覺得到琴子在暗處慢悠悠地張望四周。

她輕聲嘆息道：

「周圍這些『小傢伙』是祢故意在附近召集過來的啊？不找這麼多數量給祢壯膽，祢就不敢來到這裡嗎？突然被召喚，讓祢嚇破膽了嗎？」

她抓起腳邊的魔導符，舉到面前。

在嘈雜的環境中她的聲音依然具有穿透力。音量絕對不大，也沒有表露出感情，但她的說話方式顯然是在挑釁妖怪。

不過——

我看見琴子的白色襯衫濡濕，緊貼她的背部。是汗，不單是因為潮濕的熱風造成的，汗量非比尋常。

她在緊張。內心與表現出來的言語、態度背道而馳。

「祢不知道我的名字嗎？召喚祢的明明是我。」

琴子緊握魔導符說道。一道汗水沿著她的臉頰滑落。

『我知道。』

女聲簡潔地回答。

我知道。

我知道喲。

知道啦。

知知知

名字

名字字字字字

叫什麼

欸，叫什麼

周圍的聲音情緒高昂、七嘴八舌地喧鬧不已。

哇哈哈哈哈

啊哈啊啊

咿嘻嘻嘻咿嘻嘻嘻

聲音越來越大。感覺走廊上的氣息、人影越發明顯、脹大。吹來的是熱風，我卻一陣發涼。

吶，吃了吧

吃吧

吃吧

來吃吃吃吃啦啊啊啊

老子要吃女人

我要吃男人

我兩個都吃吃吃

周圍的聲音震耳欲聾。我不禁摀住一隻耳朵。

一道女聲從中鑽出說道：

『一起去山上吧……「琴子」。』

吵嚷聲戛然而止。濕氣從身體表面剝離，滑落腳下。

日光燈閃爍了兩、三次，再次陷入黑暗。

眼前瞬間閃過某種灰色形體的畫面，我連忙後退了幾步。

沉默主宰著黑暗。

突然響起「滋滋」的聲響，琴子的香菸微微亮了一下。

「呼～～」吐氣聲。

……琴子……

後方傳來咕噥聲。

琴……子……

這次換從右方傳來。

聲音微弱，嘲笑聲消失無蹤。

反而像是畏懼、屏息般，聲音接二連三地低喃她的名字。

「沒錯。」琴子吐著煙，「祢們既然平時在這附近游蕩，混在一起，相處融洽，應該聽說過許多我的事蹟吧？」

發出威嚴十足的低沉嗓音說道。

難不成……

該不會……

眾聲音開始騷動起來。有些聲音直打顫，有些聲音甚至聽起來像是在哭。

是比……比嘉琴子啊啊啊啊！

響起驚聲尖叫。

是琴子啊啊啊！

啊啊啊啊啊！

不要啊啊啊啊啊啊啊！

別過來啊啊啊！

猛然捲起一陣強風，從室內以電光石火的速度吹向玄關。別說小物品和窗簾了，連家具都喀噠喀噠晃動。我差點被吹飛，連忙壓低重心。

一團鬼哭狼嚎的旋風遠離，隨著熱風的停息，聲音逐漸微弱，最終消失。

琴子捻熄香菸後，倏地在床鋪上站起來，慢慢下床。憑藉著她的氣息和白色襯衫的動作，我好不容易才察覺她的行動。

祂的氣息佇立於走廊，距離比剛才還遠。是後退了嗎？

「待在遠方山上的祢可能有所不知——」

琴子再次恢復平常冷靜的口吻說道：

「我插手管太多事，名聲遠播。就算想降妖除魔，也令對方聞風喪膽，逃了個無影無蹤。算是人怕出名豬怕肥吧。」

室內一隅同時發出朦朧的亮光。

是繩結在發光。蒼白的光芒宛如煙霧裊裊般地沿著牆面，升上天花板。

是結界嗎？

女人的影子緩緩移動，來到結界前一步的距離。

『琴子。』

「我在這裡。」

琴子明確地回答。

瞬間，走廊的半空中浮現白色細小的物體。眼看著白色物體越變越多，排列成上下兩行，張開。

這是——嘴巴。白色物體是牙齒。

啃食田原秀樹的臉龐；傷害真琴，注入毒素——

「喀嘰」一聲，響起巨大聲響，嘴巴猛然從視野中消失。

「趴下！」

琴子吶喊。剎那間——

客廳四周響起「碰碰」某種東西破裂的聲音，室內再次陷入一片漆黑。我的左腳一陣疼痛。

我呼吸停頓了一下，又立刻吐出，勉強匐匍在地。

臉頰摩擦到某種物體，不是地板。我用手觸摸，類似線頭的觸感，輕而易舉地在我手指中瓦解消失。在黑暗中勉強辨識出它是紫色的，周圍的地板上也躺著同樣紫色如毛蟲般的殘骸。

是繩結。琴子在房間四周布下的——

結界被破壞了。一瞬間，不堪一擊。

「祂」的力量比以前還強大。

「咚」的一聲，有東西從床上滾落。是琴子。在我想要扶起她的前一刻，她自己撐起腰，抬起頭瞪向玄關。

「不好意思，您自己保護自己吧。」

她快速說道並再次跳上床，打開手中的箱子，取出裡面的物品。

扁平的圓板在黑暗中發出青光，照耀著琴子蟹足腫的手指。

是鏡子。鏡子本身在發光。

慢慢照亮琴子的周圍。

她的眼前站著一隻灰色的大妖怪。長長的腳，扭曲的小軀幹，雙手垂下，臉龐被黑髮遮蓋住，看不見。祂在琴子的面前搖晃著身體。

「祢以為沒有鏡子，就放心了?」琴子說。「有喔。有一面擦得光亮無比的『古鏡』。」

黑色長髮無聲無息地豎起，底下露出張開的巨大嘴巴，吐出烏黑的舌頭。屋內飄散著餿臭味。

妖怪向後弓起身體，使勁反彈，攻向琴子。

琴子將鏡子舉到面前，排列得亂七八糟的牙齒，在鏡子前靜止不動。口蓋張得更大，一口氣閉上。

牙齒發出令人不快的聲音，再次迴蕩在室內。

同時，刮金屬般的刺耳聲音掠過廚房。我摀住耳朵，趴在地板上。

「喀啷喀啷」地板發出東西掉落的聲音，緊接著響起破裂粉碎聲。

我勉強抬起頭，發現琴子不動如山，將發光的鏡子對著妖怪說道：

「怎麼樣？這個玩意兒很管用吧。」

『琴子。』

妖怪發出的聲音。嘴巴閉著，並非用嘴巴說話。

「幹嘛？」

琴子極為普通地回答。

『一起去山上吧。』

「不去。」

『去吧。』

「我不去。」

『大家在等妳。』

「大家？」

琴子微微歪了歪頭。妖怪再次弓起身子，慢慢張開嘴巴。

『小孩，孩子們。』

妖怪——魄魑魔一清二楚地如此說道。

琴子略微瞪大雙眼。

「果然。」仰望妖怪，以充滿信心的聲音說道：

「我猜想得沒錯——『所以你才會擄人』啊。」

露出的一口亂牙，再次逼近琴子，在鏡子前粗暴地合上。

喀鏘！

屋裡內側的電視應聲毀壞，並且火花四射。

妖怪再次張開嘴，旋即合上。

喀鏘！

餐桌的四根桌腳全被攔腰刨斷，發出高亢刺耳的聲音，應聲崩塌。

我差點被桌子壓扁，連忙滾向窗邊。

妖怪全身向後大幅度地弓起，再次啃咬虛空。

齒鳴聲中交雜著「啪」的一聲尖銳聲。

琴子的身體突然一陣搖晃，單膝跪在床上。

我瞪大雙眼。琴子的背部——白色襯衫轉瞬間染成一片鮮紅。

終究是被咬了。像高梨、逢坂、田原以及真琴一樣。

魄魕魔再次伸展軀體，嘴巴從長髮間張開，上下一再撐大。紫色的口腔逐漸占滿整個視野。

「野崎先生！」

琴子呼喚我的名字，並且回頭。當我們四目相交的瞬間，她突然將鏡子扔給我。鏡子描繪出拋物線，朝屋內的四面八方投射出光芒，逐漸落下。

我滑向墜落地點，以腹部和雙手接住鏡子。我撐起上半身「啊！」地驚叫了一聲。

因為琴子正徒手抓住妖怪雙顎排列難看的牙齒，阻止它合上。魄魕魔晃動頭部，試圖甩掉琴子的手，但琴子滿是燙傷疤的小小雙手，卻緊抓住牙齒不放。

烏黑的舌頭伸出，纏繞住她的身體，長長的手指抓住她的軀幹。

危險。

我站起來，依樣畫葫蘆地舉起鏡子擺到面前——

「沒關係。」

此時傳來琴子的聲音，讓我動作僵住。不過，心想魄魕魔會模仿人的聲音，立刻改變念頭，打算再次舉起鏡子，然而——

「真的沒關係。」

琴子這次轉頭對我說道。這是怎麼回事？

舌頭爬上她的後頸；手指陷入她的側腹。不過，舌頭與手臂都只是無力地纏繞住她的身體，無法造成更進一步的傷害。

「——我接觸祂之後便知道了。」琴子面向魄魑魔，「祂的舌頭、雙手，恐怕連身體都只是『裝飾』而已。擁有力量的只有嘴。不——應該說『只剩嘴』吧。」

琴子再次獨自心有所悟。我不知所以然地手持鏡子佇立原地。

『琴子。』

妖怪保持嘴巴張到極限的姿態說道。

『琴子……啊，啊……』

露出的喉嚨深處傳來嘶啞的呻吟聲。是感到痛苦嗎？是正在哭泣嗎？是老人還是老婦？無論如何，都與以往的聲音截然不同。

『……啊啊，啊……好痛……好痛啊……』

聲音訴說著痛苦。

「怎麼會……」

琴子嘀咕道。看得出她吃了一驚。

「還殘存著嗎……」

『啊嗚，啊……救救……我。』

喉嚨深處的聲音，語帶嗚咽地懇求道。

琴子仍舊不鬆手，壓制住雙顎，方才的聲音未再發出。只響起她的氣息聲、床單的摩擦聲，與我的呼吸聲。

啪噠

一片漆黑的走廊上發出聲響，是某種帶著濕氣的東西落下地板的聲音。

啪噠　啪噠

是腳步聲。光腳在走廊上前行，朝這裡走來。

我望向走廊，將發出微光的鏡子舉在前方。

黑暗中，走廊的中段浮現小腳和身體。

衣服看起來很眼熟，是知紗。

她的衣服東一塊西一塊，沾滿了褐色汙漬；蓬亂的頭髮上附著著類似泥巴的物體。幼稚的面容臉色蒼白，凌亂的瀏海間隙透露出呆滯的雙目，望向這裡。

我移動腳步，高舉鏡子前進，想要看仔細她的臉。

知紗皺起眉頭，狠狠瞪著我——

『和、和浩……和浩。』

發出孩子的聲音低吟道。

我反射性地停下腳步。為何？為什麼她知道我的名字。

知紗彎曲嘴唇呻吟：

『一、一……』

『一起去。』

魄魕魔被琴子抓住雙顎說道。

『一起……去……』

知紗臉孔歪斜地複誦一遍。這、這也就是代表——

我回過頭，看見琴子微微點了點頭。

『……山上吧，和……浩……』

說完後，知紗「啪噠」地響起腳步聲，慢步朝這裡走來。雙手無力垂落，眼睛半開地望著我。

琴子說的話掠過我的腦海。來這裡之後，聽到無數摸不著頭腦的措辭。

為何「祂」要「擄人」？

孩子們。

只剩下嘴。

我慢步走近知紗一看，這才恍然大悟。

「祂」——魄魕魔是這樣增加數量的。

「擄走人類，藉以繁衍後代」。

田原秀樹和他的外公外婆，應該可以說是沒通過「祂」的「審查」吧。

個人的解讀不斷掠過腦海，逐一堆疊。

如此一來，目前位於現在的這隻魄魕魔本身——

也曾經是人類？曾經是孩童嗎？

是減少家中人口時，從村莊被擄走的孩子所淪落的悲慘下場嗎？

知紗呲牙裂嘴，慢慢張大。如半開玩笑的動作，令我全身不寒而慄，心生畏怯。

「鏡子！」琴子再次嘶吼。

「拿鏡子近距離照她！就算她害怕也不管！」

知紗「咚」地朝地板一蹬的同時，我朝前方亮出鏡子。

知紗呻吟著趴下。有效。我蹲下來用發光的鏡子照射她的頭部。

『嗚咕嗚嗚！』

知紗在走廊上翻滾，試圖躲避亮光，臉部痛苦得扭曲成一團。我克制自己想憐憫她的衝動，將鏡子更加貼近她。

知紗猛然一躍而起，朝我用力一撞，令我跌了個四腳朝天。鏡子因倒跌的衝擊力飛出我的手中，在地板上滑動。

知紗露出牙齒，壓到我身上，我立刻伸出雙手抓住她的臉頰。

口水從她張開的大嘴滴到我的臉上。腐臭的味道，和「祂」一樣。

她正慢慢化為魄魑魔。

知紗以超越一名幼童該有的力量壓制住我，牙齒逼近鼻尖。我別開臉，鏡子在我視線前方隱隱發光。

「……媽……」

遠處傳來微弱，像是在啜泣般，細小的孩童聲。

「……媽……媽媽……」

我豎起耳朵，尋找聲音來源。接著難以置信地面向知紗。

「媽媽……妳在哪裡……我好害怕……好害怕……嗚嗚，嗚啊啊啊，啊……」

聲音是從我的眼前——知紗的喉嚨深處傳來的。

「知紗。」

我不假思索地脫口而出。

知紗，知紗的意識，被禁錮在這副身軀的深處。

她的魂魄被封印在肉體的底層。

正在哭著尋找母親。

我一時鬆懈，扣住知紗臉頰的雙手放鬆了力道。

知紗猛烈地晃動頭部，我的雙手被甩開。

就在我心想不妙的時候，她立刻朝我的臉龐撲來。試圖躲開攻擊，我扭轉上半身後，她的牙齒便刺進我的左肩。

灼燒般的痛楚從肩膀貫穿全身。

我呻吟著抓住她的身體，想要拉開她，陷入皮膚的牙齒卻勾住皮肉，肩膀竄過一陣新的疼痛。

知紗迷離的雙眼在眼角餘光中搖晃。

客廳突然「咚」地響起一聲沉重的聲音，震動了牆壁、地板和整個室內。緊接著響起「喀啦喀啦」的崩塌聲。

琴子發生了什麼事嗎？

我呻吟著伸出右手，努力伸展，指尖觸碰到地板上的鏡子。知紗的牙齒刺得更深，發出啃咬聲。

「啊啊啊啊！」

我不禁放聲大叫，趁勢將承載知紗體重的身體伸展到極限。手掌傳來冰涼的觸感，抓到鏡子了。

我利用反作用力將鏡子抵在知紗的頭部。

知紗「咻」地吐出氣息，跳向後方。當我因牙齒拔出肩膀時造成的劇痛而呻吟時，她一落地，便跳過我奔向客廳。

我費了好大的勁才站起來，追著知紗衝進客廳。

琴子倒臥在電視機的殘骸上。我用鏡子照射她，發現她雙手流血，床上的床單染成一片通紅，像是用毛筆龍飛鳳舞地揮毫過一般。

妖怪在廚房一隅搖搖晃晃地呆立原地，知紗則蹲在祂身旁。

我目光直盯著魄魑魔不敢放開，按住疼痛的肩膀奔向琴子身旁。她自己撐起上半身，口齒清晰地說道：

「抱歉，我只是心急了一點。」

說是這麼說，她的嘴唇右端卻淤青腫脹，襯衫前面也到處滲出鮮血。紅色斑點在我的注視下一點一點地在白色布料上擴大。

「接下來該怎麼辦？要封印那隻妖怪，救回知紗嗎——」

「對。」琴子凝視著妖怪，「我本來打算如此，就某種程度上也還算進行順利，不過……」

說到這裡，琴子突然眉頭深鎖。她緊咬的牙齒中隱約透露出痛苦的氣息。

「……沒想到這個節骨眼，我的身體卻反倒先吃不消。」

琴子無奈地低喃。

妖怪大幅度地搖晃了一下，緩慢流動似地前進到客廳中央停下。我不敢挪開視線，凝視著祂細長的灰色軀體。

明明無風，一頭烏黑長髮卻搖曳飄動。祂慢慢舉起纖細的手臂，抓住自己的嘴唇上下掀開。伴隨著咯吱咯吱的不悅聲響，露出兩排凌亂不齊的黃牙。緊接著露出深紫色的牙齦，以及更外側的綠色軟組織。

嘴唇「啪哩」一聲裂開，嘴巴擴張到「比臉還要大」。無數的牙齒、多根的舌頭、紫色的口腔、自己分辨不出的某種物體，逐漸覆蓋住我的視野。

知紗的臉龐和身體，隱藏在口腔深處。

異臭瀰漫整個室內。我全身僵硬，無法動彈。

鏡子「啪」的一聲，鏡面裂出縱橫交錯的巨大裂痕。光芒減弱，四周逐漸轉暗。

「這傢伙……怎麼想都太難對付了呢。」

我竭盡全力虛張聲勢。如果不這樣做，我可能會失控大喊。自認面帶笑容，但臉上肌肉並不聽我的使喚，肩膀的麻痺也蔓延至脖子和手臂。

「是啊。」琴子爽快乾脆地同意，「不過，還是必須完成委託。畢竟委託人是真琴。」

語畢，她抬起身體，在床上叉開雙腿站立。

「野崎先生。假如我有什麼三長兩短，知紗就拜託您了。」

「可是——」

「請使用那面鏡子。它還能使用，對現在的知紗應該也還有效。」

琴子雙手一揮，擺出架勢。兩手之間有東西在發光。

「我來拖延時間。」

沾滿鮮血的手中響起金屬的聲音。是線——鋼線嗎？

襯衫的紅漬擴散得比剛才更大。

巨大的嘴巴起伏波動，琴子同時將手迅速伸向前方。

「咻」一聲，發出劃破空氣的尖銳聲，下一瞬間。

響起宛如吶喊聲般的重低音，窗戶、窗邊的牆壁應聲大幅度地凹陷。窗框彎曲，玻璃碎裂四濺。

日光燈閃爍著。窗戶的殘骸中，灰色的影子和紅白斑駁的影子如殘像般烙印在眼底，兩道影子糾結交纏在一起。

還有一個小孩子的身影。

是知紗。

我大步跳躍。

知紗奔向走廊，朝玄關前進。是打算逃跑嗎？我跑過走廊。在快接近換鞋處時伸出右手，一把抓住髒衣的背後衣領並往後拉，知紗發出呻吟聲，回過頭露出張大得令人難以置信的嘴巴。

我將左手的鏡子貼近她的鼻子，她畏縮了一下後揪住我。我扭轉她的身體，拎起她的衣服後，知紗的身體便浮在半空中。我本來想利用反作用力將她摔到牆上，但身體擅自停止動作。

知紗的身子實在太輕了，是幼童瘦小的身軀。

不忍心。

知紗用力咬了我的右手——手肘的內側一口。

剜肉的痛楚從手肘竄過肩膀和背脊，交雜著左肩的疼痛，貫穿全身。

我和知紗一起倒在走廊。同時客廳傳來沉重的轟然巨響，走廊的天花板龜裂，裂痕呈閃電形一路裂到玄關。碎片啪啦啪啦落到我臉上。

知紗用她的小手將我的臉摁到地板上。後腦杓受到猛烈的衝擊，讓我差點失去意識，但我努力撐住了。我試圖舉起左手的鏡子，手感卻有異樣，這才察覺到事態。

可能是跌倒時的衝擊導致鏡子變得粉碎。鏡子的底座從我手中消失，大小碎片刺進我的手指和手掌。碎片被血濡濕，光芒消失無蹤。

我搞砸了。

知紗的手再次使勁。要是這次再受到重擊，搞不好就沒戲唱了。短小拇指的觸感及壓力猛烈施加於我的額頭，還有冰涼的金屬質感。

金屬。

這是——真琴的戒指。

真琴交給她後，她就一直戴在身上啊。

戴在拇指上。

「真琴……」

我下意識地呢喃。

知紗顫抖了一下，放鬆手上的力氣，「嗚嗚啊」地張嘴呻吟。嘴裡深處響起微弱的聲音：

「……粉紅……姊……姊……」

小小的牙齒發亮，隱約照耀出口腔內側。

光源是真琴的戒指。知紗沐浴在亮光下，扭動著身軀。

真琴也在戰鬥。儘管位於病房內，卻仍想要拯救知紗。在無數的可能性之中，我毫不猶豫地選擇如此「解讀」，解讀會連結起新的事物，構成假設。

時至此刻我才想起口袋裡塞著繩結。

我將右手伸進口袋。光是這個動作就引發劇烈疼痛，令我不禁呻吟，指尖好不容易摸索到繩結。搞不好這個會有效——

我大聲吶喊，爬起來推倒知紗。右手與左肩如燃燒般熾熱，疼痛令我全身彷彿要支離破碎。

我咬緊牙關，用繩結纏繞住她的身體。

『嗚嗚嗚嗚！』

知紗手腳四處揮舞，亂打亂踹。我既不躲也不擋，把她的身體綁得像一顆粽子。

知紗激烈抵抗，想要掙脫繩結，但她的力量明顯正在減弱。

果然有效。

客廳響起格外巨大的聲響，撼動空氣。我反射性抬起頭的瞬間——

「真琴。」

叫出了這個名字。走廊彼端的黑暗伸出灰色的長手，長髮沿著牆面移動。

隨後出現巨大的嘴巴，凌亂的牙齒與好幾根黑舌霎時間便逼近我的眼前。

還來不及逃跑，紫色的口腔便充滿整個視野，我的腦海浮現真琴和知紗的身影——

一股未曾聽過的不快聲音貫穿鼓膜。

眼前的牙齒、嘴巴逐漸遠離。慢慢被拉向後方，拉向客廳。

一條銳利發光的細線，纏繞住祂的手、張開的嘴和舌頭。

「……真琴怎麼樣？」

走廊盡頭傳來一道中氣十足的低沉嗓音。

是琴子。

嘴巴在掙扎，舌頭敲打地板，指尖豎起抓撓牆面，但再次一點一點地朝客廳遠離。

「祢打算吃了真琴的男友嗎？還是說——」

聲音在走廊上回響。

「祢要逃跑？逃跑後再次——」

琴子的身影被塞滿走廊的大嘴遮住，看不見。

「——傷害我最後的家人，真琴嗎？」

「喀嘰」響起不搭調的聲音。是打火機。

「工作結束了。」

琴子「呼」地吐了一口氣，嘴巴大幅度地顫動了一下。

「我要消滅祢。」

琴子斬釘截鐵地如此說道。

巨大的嘴呻吟著閉上，呲牙裂嘴地咬牙切齒。

嘴巴摩擦著牆面，嘰嘰作響。我的視界只充斥著長髮，因為祂將身體轉了過去。

勇往直前地衝向一片漆黑的客廳。

「轟」的一聲，客廳發出一團藍光，同時響起宛如數十隻野獸一齊咆哮的聲音。是慘叫，不屬於人世的存在，痛苦與恐懼的哀號。

嘴巴被藍白色火焰包圍著燃燒，在客廳裡跳來跳去。

窗邊站著一道小小的影子，琴子叉著雙腿卡在凹陷的窗框中，右手的香菸煙霧冉冉上升。冷若冰霜的表情，在藍色火焰的照耀下浮現。

她慢慢地將香菸叼進口中，深深吸了一口後，停頓片刻再吐出煙圈。煙圈環繞住熊熊燃燒的妖怪的身體，隨著閃光化為藍色火焰。

火花四濺，煙霧繚繞，妖怪再次發出令人毛骨悚然的嘶吼。屋內瀰漫著有如消毒藥水、游泳池的臭味。妖怪竭力伸長手臂，試圖抓住琴子。她再次朝祂的指尖吐出煙霧，於是祂指頭、手部和手臂便燃起烈火。

嘴巴頹倒在床上。頭髮燒焦，嘴唇裂開、牙齦與舌頭逐漸萎縮。傳來猶如長聲啜泣般的聲音。

我的身體下響起呻吟聲，我連忙察看知紗。她的額頭冒出汗水，臉部皺成一團，逐漸恢復原本人類的臉龐。

爆炸聲轟然一響，我立刻抱住知紗背對客廳。吶喊聲消失，背後只傳來啪嘰啪嘰的聲響與藥劑般的臭味。

含糊的聲音在我懷中逐漸轉輕，不久後化為吸吐的呼吸聲。柔軟的小小身軀隨著呼吸聲起伏。

是知紗的呼吸。

我緩緩抬起頭窺視她。尚未發育的臉龐被我的血弄髒，精疲力盡地呈現鬆弛的狀態。嘴巴張開，露出排列整齊的牙齒。

我抱起知紗，小心別讓她再沾到血地回過頭。藍色火焰已逐漸減弱，宛如黑炭般的物體微微在搖曳晃動的火焰中蠢動。琴子吸著菸，凝視著此副情景。

客廳的日光燈亮起，火苗越變越小。

我頂著牆面勉強站起身，拖著腳步倚靠牆壁走向客廳。因為肩膀和手臂不斷出血的緣故，意識逐漸模糊。

最後的火苗消逝，床上不留痕跡。既沒有留下燃燒的殘渣，也沒有燒焦床單。當時憑顏色我便大致猜想到，那果然並非人世的火焰，而是琴子力量產生出來的火焰。

琴子的襯衫殘破不堪，鈕釦掉了，內衣也露了出來。腹部和胸口都能看見割傷和刺傷，所有的傷口都滲著血。

琴子發現我和知紗，捻熄香菸後，拖著腳步走了過來。

我顫抖著雙手將知紗交給琴子。她靈巧地抱起失去意識、渾身無力的知紗，以指尖觸碰她的額頭、胸口和手腳，蹲下來讓她躺在床上。

「知紗——還好嗎？」

我從口乾舌燥的喉嚨中硬擠出聲音詢問，她抬起頭，大幅度地點了點頭說：

「單憑我一個人的力量是無法救她出來的，謝謝您的幫忙。」

一如往常的平靜口吻。

我指著纏繞住知紗身體的繩結：

「還好有帶來。這是真琴的東西，她說是實踐了妳教她的事。」

琴子微微瞪大雙眼。

我拉起知紗的手，秀出她拇指上的戒指。

「另外，算是這東西發出光芒，給了我許多提示吧。」

「是嗎……」她虛脫似地看著戒指，「抱歉喔，還讓妳幫我。我真是沒資格當姊姊呢。」莞爾一笑。

屋內射進紅光，引擎聲接近，傳來車輛停止聲，接著是連續開關車門的聲音。

大概是警察吧。想必是鄰居聽見窗戶破裂、乒乒乓乓的吵鬧聲而報警吧。

琴子不著痕跡地遮住胸口，擺出一如往常的撲克臉說道：

「先把知紗送到醫院吧，之後您可以躺下休息無所謂。麻煩的事情就全部交給我處理。」

是叫我閉嘴的意思吧。不用她說，接下來我也沒辦法對別人詳細說明事情的來龍去脈，因為我已精疲力盡了。

腳步聲奔上樓梯。雙腿逐漸失去最後的力量，我一屁股跌坐在地。

十六

一元復始，匆忙興奮的一月已經結束，二月也即將過去一半。

晴朗的冬空下，知紗踏著小碎步在石神井公園的池畔奔跑。她追逐的前方，是真琴搖曳著粉紅色髮絲在小跑步的畫面。

知紗吶喊著不知所云的話語，真琴嬉笑。真琴扭轉身體，避開知紗胡亂揮舞的手。知紗再次大喊，一臉歡笑。

這是過去的自己勢必會厭惡，不屑一顧，隨處可見的光景。如今卻欣然接受。甚至可說是喜歡知紗和真琴回到以前一起玩耍的這個狀況。

話雖如此，我可沒有想跟她們一起東奔西跑的意思。重點是，我的手傷和肩傷尚未痊癒，連洗澡也得費一番功夫。想加入她們，還要再過一段時日吧。

坐在木桌對面的田原香奈，瞇眼望著真琴和知紗。雖然消瘦了不少，但臉色紅潤，表情明顯呈現喜色。據說短時間仍需要回院看診，但和知紗會面後，她恢復得很快，連主治醫生都大吃一驚。

真琴上個月平安無事地出院了。毒素似乎完全消失，身體狀況也沒有問題。她說可能是住院期間一直在打點滴的關係，現在食欲旺盛，體重也比住院前還重。

真琴蹲下來張開雙臂，知紗衝進她的懷裡。真琴慢慢地倒向後方，她懷中的知紗樂不可支地大聲喊叫。真琴仰躺在地，撫摸知紗的頭。手上的銀色戒指閃閃發光。

琴子在醫院接受治療後，隔天早上便立刻出院。據說要趕去處理下一個委託案。

「請代我向知紗的母親問好，還有真琴。」

她以一如往常的冷靜嗓音說道後，將臉湊近動完手術，正躺在病床上休息的我呢喃道：

「這件事若是又有什麼後續發展，請通知我。」

「您是指──事情還沒有完結嗎？」

我感到不安，硬是活動無法張開的嘴巴詢問。麻醉應該早已消退，卻還是難以言語。

「沒那麼容易解決。這世上的疾病、受傷，都需要時間痊癒。除妖也是同樣的道理。我手上還有二十年來的老顧客呢。」

她侃侃而談後，端正姿勢，一本正經地說：

「野崎先生的委託，我可以算您親情價喔。」

對於連聲招呼都不打就離開的姊姊，真琴一副失落的模樣，但她似乎更開心知紗歷劫歸來，馬上就打起了精神。

「雖然是兼職，但我月底要開始工作了。」

香奈說道。

「去年待過的超市，還幫我保留職位。」

「真是太好了呢。」

我回答。有固定收入是好事。我也還想要兩、三個連載工作。明天開始投履歷吧。找幾家有名的雜誌和網站碰碰運氣。

當我仔細思考今後的事情時——

「我以後會好好努力。」

香奈低下頭，縮起身子。

「是指工作嗎？」

「不。是指當一個母親。」

香奈抬起頭，顫抖著薄唇。

「因為只有我，沒有盡到保護知紗的責任。大家都保住了她。」

她望著一起嬉戲的真琴和知紗：

「秀樹，我丈夫他捨命保護了我和知紗。還有野崎先生您和真琴也是。我真的很感謝你們。感激不盡。所以——」

她若有所思地接著說：

「——以後如果知紗遇到什麼危險，我一定會拚命保護她。」

「您想太多了吧。」

我說。香奈吃驚地望著我。

「不是以生死或有沒有受傷來衡量夠不夠格當父母親吧。」

我舉起纏著繃帶的右手笑道：

「這只是我搞砸了而已。把別人珍貴的鏡子打破，不是什麼值得誇獎的事吧。」

香奈一臉不知所措地莞爾一笑。這也難怪。聽到這種話，教人家該作何反應。

「您找到托兒所了嗎？」

我問道。這次是能以是否回答的簡單問題。

然而，香奈卻緊抿雙唇，不發一語地微微搖了搖頭。

「請別客氣，跟真琴說一聲吧。她一定二話不說地答應幫忙照顧知紗。」

「可是，我不能再麻煩她了。」

香奈斬釘截鐵地說道。

我再次笑道：

「那麼，我換個方式問吧。真琴以後還可以去您府上玩嗎？」

緊接著自然而然地說道：

「——還有，如果您不介意的話，也讓我上門叨擾。」

香奈一臉過意不去地點頭。

由於知紗玩累睡著了，於是我們便徒步前往知紗上井草的家。

真琴托著知紗的屁股，將她揹在背上。知紗頭靠在真琴的肩上，早就流著口水呼呼大睡。

真琴與香奈一路上談天說笑，我看著知紗的睡臉，追在兩人的身後。

知紗也讓精神科醫生看診過了，精神並沒有什麼異常。她似乎完全喪失被帶到山上的那一個月半的記憶，無論怎麼問她，她都回答不知道。

要說異常，也算異常。正確來說，是異常的徵兆。有時將驚悚的體驗封印在記憶深處，日後可能會引發某種精神疾病。琴子說得沒錯，這件事尚未完結。

既然如此。我心想。

只要知紗和香奈允許，我和真琴便繼續和知紗保持關係。

我希望知紗健健康康地成長茁壯，忘記恐怖的體驗，或是克服它。我想要助她一臂之力，真琴應該也這麼想吧。不，真琴搞不好只是想和知紗玩耍而已……

等我回過神時，已經接近真琴的背後，探頭窺視知紗的睡臉。

知紗嘟起嘴唇熟睡，嘴角蠢動著：

「嗯啊啊……沙……」

知紗的口中吐出聲音：

「……沙喔……咿，沙姆啊……嗯嗯……咕嘎……哩……」

是夢話。

是在做夢嗎？希望是美夢，不是惡夢。

風好冷。我立起大衣的衣領，縮起身子。

知紗在真琴的肩膀搖來晃去，一臉幸福地沉睡。

（完）

執筆本書時，參考了從小到大所見所聞的無數「恐怖故事」——妖怪、幽靈、怪談、漫畫、小說、電影及電玩。在此由衷感謝各位偉大的創作者。

主要參考資料如下：
・中田祝夫《日本霊異記 全訳注》（上）（中）（下）（講談社學術文庫）
・一本木蛮《戦え奥さん!!不妊症ブギ》（小學館）

得獎感言

澤村伊智

小學一、二年級時，電影《芝加哥打鬼（The Return of the Living Dead）》《鬼哭神嚎2（Poltergeist）》的電視預告片，真的很嚇人（記得是播出《哆啦A夢》的時段），在電視上播放時，我都會驚聲尖叫地逃離客廳。

小學三年級時，看了放在教室後面書架上的勁文社的《恐怖怨靈大百科》後，接近一年不敢一個人搭電梯。我當時住在公寓的十四樓，便拜託心地善良的朋友陪我一起搭電梯。樓梯因為太高了，加上我害怕會不會有東西從上面爬下來，所以也不敢爬。ITO，當時拖著你陪我，真是不好意思。

結果經過二十五年後，我突然興起「來寫恐怖故事」的念頭，實際執筆後，竟然貫徹始終，而且還投稿日本HORROR小說大賞，榮獲首獎。

接到得獎的電話通知時，因為太過難以置信，什麼都以「是。」「謝謝。」「我知道了。」這三句交替應對，實在有失一介社會人士該有的行為。直到編輯部拜託我寫得獎感言時，我才終於慌張了起來。

三位評審委員、各位編輯部人士、初審人員，以及一副老練地對我說明「用Letter Pack寄比較便宜喔」的郵局人員……等許多相關人士。我在此對各位致上深深的謝意。非常感謝你們。

也由衷地感謝當我傳訊息告知自己得獎時，回覆我「感動想哭」的上班族時代的前輩、實際上在話筒另一端哭出來的朋友、喜極而泣後，立刻操起無謂的心，擔心我被主動獻殷勤的女人勾跑的家人。我之所以能完成本作，都是多虧了身邊諸位的支持。

我今後也會繼續努力，讓更多的人閱讀到這次的得獎作，以及往後的作品。

本作由榮獲第22屆日本ＨＯＲＲＯＲ小說大賞首獎〈邪臨〉出版成書。

出版時，參考評審委員的意見修改投稿作。

國家圖書館出版品預行編目資料

邪臨 / 澤村伊智作；徐屹譯. -- 一版. -- 臺北市：臺灣角川, 2018.10

面；　公分. --（文學放映所；116）

譯自：ぼぎわんが、来る

ISBN 978-957-564-527-4(平裝)

861.57　　107014079

邪臨

原著名＊ぼぎわんが、来る

作　　者＊澤村伊智
插　　畫＊綿貫芳子
譯　　者＊徐屹

2018 年 10 月 29 日　初版第 1 刷發行

發 行 人＊岩崎剛人
總 經 理＊楊淑媄
資深總監＊許嘉鴻
總 編 輯＊呂慧君
主　　編＊李維莉
美術設計＊邱靖婷
印　　務＊李明修（主任）、黎宇凡、潘尚琪

台灣角川

發 行 所＊台灣角川股份有限公司
地　　址＊105 台北市光復北路 11 巷 44 號 5 樓
電　　話＊（02）2747-2433
傳　　真＊（02）2747-2558
網　　址＊http://www.kadokawa.com.tw
劃撥帳戶＊台灣角川股份有限公司
劃撥帳號＊19487412
法律顧問＊有澤法律事務所
製　　版＊尚騰印刷事業有限公司
I S B N＊978-957-564-527-4

香港代理＊香港角川有限公司
地　　址＊香港新界葵涌興芳路 223 號新都會廣場第 2 座 17 樓 1701-02A 室
電　　話＊（852）3653-2888